玄奘西游记

朱偰 著

九州出版社

图书在版编目（CIP）数据

玄奘西游记 / 朱偰著. -- 北京 : 九州出版社，
2023.2

ISBN 978-7-5225-0826-9

Ⅰ. ①玄… Ⅱ. ①朱… Ⅲ. ①章回小说－中国－当代
Ⅳ. ①I247.4

中国版本图书馆CIP数据核字(2022)第031180号

玄奘西游记

作　　者	朱　偰
策划统筹	李黎明
责任编辑	张艳玲
封面设计	吕彦秋
出版发行	九州出版社
地　　址	北京市西城区阜外大街甲 35 号 (100037)
发行电话	(010)68992190/3/5/6
网　　址	www.jiuzhoupress.com
印　　刷	三河市兴博印务有限公司
开　　本	880 毫米 ×1230 毫米　32 开
印　　张	8.5　插页 2
字　　数	167 千字
版　　次	2023 年 3 月第 1 版
印　　次	2023 年 3 月第 1 次印刷
书　　号	ISBN 978-7-5225-0826-9
定　　价	78.00 元

出版说明

　　本书为历史学家、经济学家朱偰先生所著，完成于1955年，初版于1957年，后来有再版。因为是名家名作，本次出版，对原著语言风格、人名、地名、作者自注等，均保留原貌。特此说明，请读者注意。

九州出版社

目　录

第一回　两古国交流文化
三法师跋涉取经

　　话说亚洲两大文化古国，在东方是中国，在西方是印度。这两个大国，都是地大物博，人口众多，各有悠久的历史，各有发达的文化。自从中世纪以来，这两国即常有文化使节来往：印度的高僧，如迦叶摩腾、竺法兰、觉贤（佛驮跋陀罗）、佛藏、达摩、鸠摩罗什，都曾来东土传教；中国的高僧，如东晋的法显，北魏的宋云、惠生，唐朝的玄奘、义净、不空，都曾先后到印度去取经或说法。"自从佛教开始在中国传布以来，一千年的悠长岁月中，拜佛求经的香客和学者们络绎不绝地往来于中印之间。他们越过戈壁沙漠、中央亚细亚的平原和高山，翻过喜马拉雅山，这是一条漫长、艰苦、充满危险的旅程。"（尼赫鲁：《印度的发现》）。可见自古以来，两国之间即已有了文化交流，互相发生影响；两国人民之间互相存在着一种向往的感情，而这种感情是十

1

汉摄摩腾尊者

⊙ 摄摩腾尊者像。摄摩腾（？—73年），即迦叶摩腾，中天竺人。摄摩腾尊者通大小乘，曾历经千难万险，以白马负驮佛经，从西域来到洛阳。汉明帝专门为之建立佛寺，即"白马寺"。

分深厚，不是高山峻岭，不是戈壁沙漠所能间隔得开的。

现在单说中印文化交流史上的一段最动人的史话，便是唐朝玄奘法师到印度去取经的故事。

中国历来到印度去的高僧，以东晋的法显、北魏的惠生、唐朝的玄奘三人，最为有名。这三个人都各有著作，互有详略。但是惠生仅仅到了北印度；法显则自北印度历经西、中、东三印度，航海而回；只有玄奘法师遍历五印度，前后旅行印度十七年，在印度讲过大乘佛法，做过"无遮大会"，而且曾经主持当时印度最高学府那烂陀寺的讲席，最后仍由陆路回到中国。提起这位玄奘法师，无论是在中国或是在印度，都是无人不知，无人不晓，在中印文化交流上的确很有贡献，所以值得特别加以介绍。

先说玄奘法师幼年的情况。

玄奘法师是河南陈留人，俗家姓陈，本来的名字叫作祎。他的祖父陈康，在北齐做过官，担任国子博士。他的父亲叫作陈慧（一作陈惠），生得身长八尺，美眉明目，宽衣博带，平常喜欢作读书人打扮。他早通经术，潜心坟典，在文化方面修养极深。可是生当隋朝末年，政治黑暗，他见大局败坏，国事日非，遂闭门不仕。地方官好几次推荐他，都被他托病拒绝了。

陈慧生有四个儿子，玄奘法师是他的第四子，从小聪明异常。他八岁的时候，父亲为他讲授《孝经》，到"曾子避席"一段，玄奘忽然整襟而起，父亲问他缘故，他恭恭敬敬答道："曾子一闻师命，即起立避席；儿子今奉慈训，难道还应该安坐不动？"父

太白山荐暗顺

達磨入滅太和年
熊耳山中塔廟全
不是宋雲蔥嶺見
誰知隻履去西天

大安巳菴高少室

太唐道建師顯繼集

違菴當年住少林
武帝人去見安心
安心不見笑心法
正脉通流直至今

法王祖師頔司謹書

庵壽氣孕秋青痼
呉安元年拈月至日

達磨祖師隻復西歸相

⊙ 达摩祖师只履西归图。达摩（？—536 年）入灭后，他的弟子将他葬在熊耳山，起塔定林寺以作纪念。

亲见他这样聪明，异常高兴。亲戚朋友也都以神童相许。自此以后，他更好学不倦，浏览史书；加以他温清谨厚，所以从小为邻里人们所喜欢。

玄奘为什么要出家为僧？这是有他的社会背景的。原来中国社会，自从东晋、十六国以至南北朝三百年间，经过了长时间的战乱，人民走投无路，人人朝不保夕，于是佛教遂成为一部分劳苦大众的逋逃薮；佛教用美好的来世来安慰人们，使他们忍受在现实中的一切痛苦。再加以封建帝王的提倡，所以出家遂成为一时的风尚。玄奘的第二个哥哥，叫作长捷，先已出家，在洛阳净土寺做和尚。他见弟弟自幼聪明，可以传授佛教，所以把他带到庙里，早夕诵习一些佛经。

这时还是隋炀帝大业时代，有敕旨下来，要在洛阳选度二十七个和尚，当时报名的人很多，候选的有好几百人。玄奘因为自己年纪太小，没有报名参加，只好立在一旁观看。奉旨前来选拔的大臣是大理寺卿郑善果，很能鉴别人才，他一见了玄奘，便暗暗称奇，问道："你是谁家的孩子？"玄奘不慌不忙，回答了自己的姓名。

郑善果又问道："你是不是也想出家？"

玄奘答道："想是想的，但是我学业荒疏，年纪又小，所以没有敢报名参加。"

善果又问道："你小小年纪，就要出家，是为的什么？"

玄奘答道："是想继承如来，宣扬佛法。"

⊙ 隋炀帝杨广画像。取自《历代帝王图》,传为唐代阎立本画作。炀帝（569—618 年）笃信佛教,他的画师为寺庙画了大量壁画,内容多为佛教故事。炀帝外出时,常往寺观欣赏壁画。

善果见他对答如流，深为嘉许；又见他生的眉清目秀，遂特别破格录取，他还告诉同事道："一般出家的人，念经拜佛容易，独有风骨最是难得。我们现在破格录取了这孩子，将来一定是佛门有名的人物，可惜我同诸公都不及亲自看见了。"

玄奘出家以后，仍旧住在净土寺；寺中有一位景法师，讲《涅槃经》，诲人不倦，玄奘执卷问难，甚至废寝忘食。又有一位严法师，讲《摄大乘论》，玄奘更为爱好，听了一遍之后，又读了一遍，便过目不忘。大家都很惊异，叫他升座复讲一道，他讲的抑扬顿挫，而且分析详尽，说来头头是道。这一年他才不过十三岁，已经对于大乘学说有一个初步的认识。从此他的声名便传遍了远近。

原来佛教创始于释迦牟尼，在公元前六世纪到前五世纪开始流传于印度。自从释迦牟尼寂灭之后，佛教徒经过了多次集会，从事佛教理论的讨论和研究，写出了不少经典；可是也从这个时候起，开始分为"上座""大众"两大派。"上座部"是老年学者的一个集团，代表佛教中的保守派，但是他们始终以正统派自居；"大众部"是青年学者的一个集团，代表佛教中的革新派。到公元一世纪印度出了一位杰出的哲学家马鸣，他写了一部《大乘起信论》，对佛教教义的解释，和上座部有所不同，提倡较为宽大的学风，反对墨守成规的保守倾向，被称为大乘派，以别于从前的小乘派。小乘派多少有些墨守古代佛教的清规戒律，并且把它拘限于最初的几部经典之内；大乘派则向各方面伸张，而且比较宽大，差不多对于一切都能容忍，并且能适应每个国家的特殊风尚。这两派学说，也先后传到中国，互相争执不下。

玄奘从小从严法师习《摄大乘论》，是无著、世亲一派的大乘学说的信徒，他想发扬光大大乘的学派，把大乘的教义传到中国来。他反对保守和因袭，提倡革新和创造，所以喜欢大乘学说。可是他那个时代中国对于佛经的介绍，还是十分不够的，虽有一些佛教经典著作的翻译，但是里面充满了矛盾和含糊不清，他所钻研的《摄大乘论》，介绍尤为贫乏。他访问了许多名师，但对本国"摄论宗"所说的法相深表不满，所以他发愿西行，冒险赴印度取经，打算探本穷源，作一番彻底的研究。这是他最初立志西行的缘起。

欲知后事如何，且听下回分解。

第二回　寻名师遍游海内
求大乘立志西行

话说隋炀帝大业末年，农民因为不堪黑暗统治的压迫，到处起义；隋朝的反动统治，已经濒于崩溃。洛阳是隋朝的东都，本来号称文物之邦，可是这时成为黑暗统治的一个据点。为了镇压农民起义，隋朝派了心腹大将王世充镇守洛阳，残酷地屠杀农民，河洛一带，杀人如麻，弄得白骨遍野，烟火断绝。那净土寺里的和尚，也有一顿没一顿，常常忍饥挨饿。玄奘在净土寺里出家，已经数年，他年纪虽小，可是能够认识时势变迁。他看见净土寺里光景一年不如一年，便和哥哥商议道："洛阳虽是我们的父母之邦，但是现在这样兵荒马乱，常闹饥荒，看来我们是耽不下去了。我们兄弟二人，在这里出家，与其坐而待毙，不如走而求生。现在只有长安比较安定，听说唐王从晋阳起兵，已经占领了长安。我打算和哥哥前去长安，找一个寺院安身，不知哥哥意下如何？"

⊙ 赵州柏林禅寺。玄奘在西行印度取经之前，曾来这里从道深法师学《成实论》。

他哥哥是一向爱护和接受玄奘的意见的，况且洛阳也实在住不下去了，遂表示同意。二人遂离开洛阳，入关到了长安。

这时正是唐高祖李渊武德元年（618年），唐朝初创，四方正在用兵。李氏父子忙于争夺政权，还谈不到提倡佛教，所以偌大京城里面，竟然找不到一个讲席。玄奘本意来长安求师问道，到此一看，不免心中失望。这时只有蜀中黑暗统治势力比较强固，秩序比较安定，名僧多半入蜀，所以当时蜀中佛法最盛。玄奘便对他哥哥说道："这里既然没有道场，我二人在此无益，不如入蜀走一遭，就在那里访问名师。"他哥哥同意，遂又从长安出发，经过子午谷，越过天险的秦岭，到了汉中。在路上恰好遇着洛阳讲过经的空、景两位法师，师徒相见之下，十分高兴。大家在汉中停留了月余，玄奘虽在客中，仍不肯放过机会，天天从二人受学问道；最后大家结伴，向成都进发。

这时四方僧人，都纷纷向蜀中投奔。各地名僧既集成都，遂大开道场，互相论辩。玄奘心下高兴，更番听道基、宝暹和道震法师讲经说法，兢兢业业，力求上进。不消二三年工夫，他遂遍通诸部。这时四方来成都听讲经的常常有好几百人，其中只有玄奘学问才识，超群出众。名声传布开去，一时吴、蜀、荆、楚、长江上下游一带，无不知道他的大名，想望他的风度，以能见他一面为荣。

⊙ 天梯山石窟（凉州大佛窟）造像。该窟位于甘肃武威，为北魏凉州高僧昙曜
开凿，距今一千六百多年，是我国开凿最早的石窟之一。

玄奘在成都一住五年，到了唐高祖李渊武德五年（622年），他恰好年满二十七岁。在四川耽久了，当地各家学说，都已经听得差不多了，遂打算再入长安，访问其他名师。可是这一次他哥哥却不同意，他比较满足于现状，觉得成都地方安乐，坚留弟弟止蜀。玄奘是有大志气的人，如何肯听？遂趁哥哥不备，私自和商人结伴，从岷江泛舟而下，经过了有名的峨眉山下，穿过了奇险的三峡，遂到了荆州的天皇寺。

天皇寺是荆州第一大寺，这里的寺僧，早已听得玄奘的大名，这次既然来到，遂请他登坛说法。玄奘答应了，为大家讲大乘佛法，从夏天讲到冬天，一连讲了三遍。这时镇守荆州的是汉阳王李瓌，本是唐朝宗室，听见玄奘来到，非常高兴，亲自率领群僚，前来听讲。玄奘不慌不忙，登上讲坛，侃侃而谈，那时僧俗听众，何止千人。讲毕一章，大家提出问题，纷纷质疑问难；玄奘一一加以解答，没有一人不服；其中也有被他的辞句感动的，从心中加以钦佩。汉阳王在旁听了，也赞叹不已。一时各方面布施，堆积如山，玄奘一概不受，最后依然一身云游，北上中原，到了相州。

在相州地方，玄奘找到了有名的休法师，质疑问难；随后他又到了赵州，谒见了深法师，向他学《成实论》。最后又到了长安，住在大觉寺，向岳法师学《俱舍论》。这些国内名师，都为他访问殆遍。玄奘天资聪颖，只要听了一遍，都能够了解大意，及至他过目以后，便能历久不忘，虽然是一班宿学耆年的高僧，

⊙ 胁侍菩萨壁画。出自甘肃武威市天梯山石窟第四窟，北凉时期作品。

14

却没有人能超过他；至于综合各说，深思熟虑，更没有人能够及得他的。这时长安有法常、僧辩两位高僧，精通大小乘，遍览佛家经典，是当时全国的佛学大师，在长安开讲《摄大乘论》，一时听讲的人，四方云集，何止千人。玄奘赶紧前去听讲，专从二师研究"摄论"，反复讨论，二位高僧也都同声赞叹，许他是佛门的千里驹。从此玄奘在长安的声誉，一天高似一天，没有一个僧徒不知道玄奘的。

可是玄奘对于国内讲"摄论"的大师，并不满意，同时自己钻研之下，对于旧译的佛经也发生了疑问。于是他在长安开始学习梵文，打算亲自到印度去走一趟。

这时（626年）恰巧有一位中印度的学者，叫作波顿密多罗，从海道来到中国，住在长安。他是印度权威学者那烂陀寺戒贤法师的学生，据说能记诵大小乘经典各十万颂。玄奘诚恳地向他请教，追寻根源，并询问印度目前佛学情况，因此知道有一位深通《瑜伽论》，兼谙百家的戒贤法师在那烂陀寺讲学。玄奘正感得国内"摄论宗"所说的法相，不能令人满意；对于《摄大乘论》的介绍，尤其感到过于贫乏，当下心中想道：佛教发源印度，西天号称佛国，必须亲自到西天去走一遭，方可解释疑惑。况且自己归依佛法，灵山圣迹，凿凿可考，岂可不前往巡礼一番。又想自古以来，有法显、智严，曾往印度取经，都能求得佛法，传播东土，为什么自己又去不得？玄奘主意已定，遂告诉一些同伴，征得一些同志，大家一道上表，请求唐朝政府准许他们往西天一行。

但是上表以后，久无消息，众人只好作罢；独有玄奘立志西行，非常坚决，虽只剩他一人，仍决定独自前往。

可是西天遥远，道路艰险；而且玉门关外，是突厥人的世界，西行困难重重，玄奘也是早已知道的，于是在他脑子里，展开了激烈的思想斗争。他先用人间种种艰难困苦，自己试验自己，是否经得起一一考验；最后他追求真理的决心，坚强不屈的意志，战胜了一切困难。于是决定在唐太宗李世民贞观三年（629 年），登程出发，这一年他才三十四岁。

这时恰巧有秦州（现在天水）和尚叫作孝达的，在长安学《涅槃经》，功毕还乡，玄奘遂和他结伴同行。到了秦州，停宿一宵；恰巧又遇见兰州来的旅客，遂又结伴到了兰州，最后又辗转到了凉州。这时玄奘的名气已大，他在凉州住了月余，僧俗众人，都来请他开讲《涅槃经》和《般若经》，玄奘登坛说法，听众日多一日。

那时凉州是河西的一个大都会，又是东西交通要道，西域诸国商侣往来，日日不断，听见玄奘法师在此说法，都赶来听讲，无不同声赞叹。他们回去以后，都报告各自君长，盛称玄奘法师，并说他将要西来，到印度去取经求法。所以玄奘未到西域之前，西域各国早已知道，各国君长大多信奉佛教，听了都暗自欢喜，并准备接待玄奘。

当时唐帝国的政权，尚未完全巩固，西北一带边境，常常遭受西突厥的威胁，所以封锁边境，不准人民私自出国。凉州都督李大亮，早已奉到旨意，防范特严。一天忽然有人报到，说有一个和尚从长安来，要到西天去，不知何意。李大亮得知，派人追上玄奘，问他来由，玄奘说道："要上西天取经去。"差人传下李大亮的命令，逼他回京。玄奘正在进退两难之际，这时凉州有一位慧威法师，是河西一带的佛门领袖，他一来器重玄奘，二来同情他求法心切，决定帮助玄奘，以成人之美，遂暗地里派两个徒弟，一个叫作慧琳，另一个叫作道整，护送他西行。但是公家防范严密，白天不敢公然就道，于是餐风宿露，昼伏夜行，望着玉门关前进，不出数日，便到了瓜州地面。正是：

万里山川，拨烟霞而进影；
百重寒暑，蹑霜露而前踪。

这是玄奘法师西行第一程，也是他壮游的开始。
欲知后事如何，且听下回分解。

第三回　涉弱水夜渡玉门
过五烽西绝大漠

　　话说唐朝初年，突厥的势力十分强大，玉门关外，完全是另外一个世界。那时突厥分为东西二部，西突厥叶护可汗，建都在素叶城，控制整个中央亚细亚，对西域各国实行残酷的统治。西突厥势力的扩张，阻断了唐帝国和西方的贸易交通，有时还要威胁唐朝的西北边界。玉门关外靠近唐朝的一个主要国家，便是高昌国，这高昌国王麴文泰，便受叶护可汗的节制，对唐朝采取敌对的态度，并且千方百计隔断中国与西域的交通。所以那时候玉门关是东西两大势力的分界，关外不但大沙漠连绵，行旅困难，而且突厥是一个游牧民族，游骑出没，飘忽无常，对于旅客来说，是一个恐怖的世界，要通过这一个地带，的确是一件十分困难的事情。

　　再说玄奘法师离开凉州，向玉门关前进，这时摆在他面前的，有好几重困难：第一，唐朝政府封锁边境，不许人民擅自出国，官厅正在发出访牒，到处拿访玄奘。第二，玉门关外，是突厥的势力范围，突厥控制西域各国，从关外的伊吾国、高昌国起，一直到"昭武九姓"诸国，都受它的节制；玄奘西行，一定要经过这个广漠的地带，这对于玄奘来说，完全是一个不可测的世界，随时随地都可以发生危险。第三，他要通过西域，必先要取得西突厥可汗的护照，要取得护照，必先要到西突厥王廷，然后绕过葱岭，取道中亚各国，经过铁门关天险，然后再从迦毕试国（现在阿富汗）越过大雪山以入印度。这一条遥远的道路，是从来没有人这样走过的，不但玄奘不熟悉，而且也找不到人带路。玄奘一路行来，一路心里盘算着；白天不敢上道，只在夜间走路。不久到了瓜州。

瓜州是唐朝极西的一个城镇，瓜州刺史独孤达，一向敬重佛法，听说玄奘到来，知道他是一个名僧，十分款待。玄奘暂时住了下来，因打听西行路线，当下有人报道："从这里向北，五十多里有一条河，叫作葫芦河，这条河下面广上面狭，水流很急，深不可测。河上便是玉门关，西行的人，都要打这里经过，是西境的咽喉。出了玉门关，便是大沙漠。从这里向西北，又有五座烽火台，每一座烽火台上，都住有守兵。每座烽火台各相去一百里，这中间更无一点水草。五烽之外，便是莫贺延碛，长八百多里，上无飞鸟，下无走兽，更不必提有什么水草。过了莫贺延碛，便到了伊吾国境了。"这正是《西游记》上八百里流沙河的真实背景，是西行一个有名的险恶地方。玄奘听说，心中纳闷，暗忖玉门关虽险，还可以暗中设法偷过，莫贺延碛虽长，还可以冒险

⊙ 伎乐天壁画。出自天梯山石窟第三窟，初唐时期作品。

跋涉渡过；可是万里迢迢，无人带路，这才是最大的困难。哪知道住不到两天，他的坐骑又死了，不知如何是好。心中默默打算，如何打破一切困难，这样一住便住了月余。

这时凉州访牒又到，说是有一个玄奘和尚，私自出境，着所在州县，严加捕捉。瓜州地方判官叫作李昌，是一位诚实人，颇有义气，他心中敬重玄奘，遂暗中将牒文来见玄奘，问道："法师是不是牒文中所说的玄奘和尚？"

玄奘心下犹疑，不敢便答，李昌说道："法师请实说了吧，我一定为你想办法。"

玄奘便告诉了实情，李昌听了，深为佩服，立起身来，将文书一撕两半，并劝他道："夜长梦多，请法师立刻动身，一切由我负责，小弟就此告别。"

玄奘感激，准备西行。这时他同来的两个小和尚，道整已经先回敦煌去了，只有慧琳还在身边，玄奘见他生的单弱，知道他不堪远行，也打发他回去。于是他买了一匹马，准备出关长行，但苦于前途茫茫，没有一人可以带路。

过了几天，忽然来了一个西域人，到寺里来烧香，跟着玄奘走了两三个圈；玄奘看那人时，大约有三十岁上下，穿着一身胡服，长得十分结实，便问他姓名，说叫作"石槃陀"，并说愿意受戒。玄奘给他授了五戒，他欢喜辞去。过了一会，石槃陀又带了一些饼果，来见玄奘，算是拜师的意思。玄奘看见他身体强健，相貌恭顺，意思要请他带路，遂告诉他西行之意。石槃陀立即答应，愿送法师西过五烽，玄奘大喜。

⊙ 唐代锁阳城塔尔寺遗址。玄奘路过瓜州，可能在这里为民众讲经说法。

第二天太阳下山，玄奘动身起程，西向大草原，到了约定的地点，天色看看黑了下来。玄奘候了一会，只见石槃陀带了一位西域老翁，骑着一匹又瘦又老的赤马前来。玄奘见了，心下怀疑，不知何意。

石槃陀道："这一位老头，来去伊吾国三十多趟，对于此路极为熟悉，所以带了他来，一定大有帮助。"

老翁向前打个问讯，对玄奘说道："西天路远，道路险恶，沙漠里又有鬼魅热风，凡是碰着的人，百无一回。人家客人成群结队，还是常常迷失道路，何况你这单身客人，如何去得？我劝你还自三思，不要拿自己生命作儿戏。"

玄奘道："贫僧为求大法，发愿到西天去取经，我已经立下誓愿，如到不得印度，誓不东归，虽死在途中，我也决不后悔。"

老翁道："既是你一定要去，我也无法再劝，可骑着我这匹马。这匹马你不要小看了它，它来回伊吾国，已经有十五次，不但脚力强健，而且能够识途。"

玄奘谢了老翁一番好意，当下两边换了马匹。老翁欢喜，作别自去。石槃陀本来打算不去的，只因有言在先，不好反悔，心中无奈，只好陪着玄奘，勉强上道。

玄奘别了老翁，和石槃陀装束就道。这时已经黄昏，四下里沉黑起来，天边上闪烁着几颗明星，北风吹的呼呼作响。约莫三更天左右，到了葫芦河边，远远望见了玉门关。城楼高高的黑影，矗立在河边上。二人不敢从玉门关正面渡河，在离这关上流十里

⊙ 1908 年左右的莫高窟。

地方，河身较窄，两岸相去不过丈余，旁边长着一些梧桐树丛。石槃陀下马，砍下树木，搭成一道便桥，又在桥上铺了一些草，填了许多沙土，二人遂驱马渡桥。玄奘渡过这河，心中高兴。

这时已经深夜，遂找一个地方休息。两人相去不过五十来步，各自打开铺盖睡下。这石槃陀翻来覆去，如何睡得着，心下想道：好没来由，为了伴这个和尚，教我离乡背井，睡在这荒野里。他越想越恼，心想不如趁人不知，鬼不觉，把他干掉了吧。一转念间，他遂拔刀而起，一步步蹑足走向法师；玄奘暗中看见，不知何意，见他黑夜拔刀起立，疑他不怀好意，随即警觉地坐了起来，默默念诵佛经。石槃陀一步步走近，相差不过十来步左右，看见玄奘正在醒着，端坐在昏黄月色之中，默默念经，夜深人静，只听见他轻轻的念诵声。这庄严的形象，慑住了石槃陀，暗想这和尚如此虔诚，怎好加害于他？随即按下了刀，悄悄退了回去，仍旧睡下。玄奘见他已经卧倒，也就重新入睡。

第二天天一亮，玄奘就唤他起来，打水洗脸，吃过带来的干粮，便要出发。石槃陀迟疑道："前途险恶，又没有水草，只有五烽下面有水，又必须夜里走去，偷水而过；但要是一处被人发觉，便是一个死。所以我劝法师，不如趁早回去，还比较稳便。"玄奘不肯，坚持前行；石槃陀没法，只得跟随玄奘，硬着头皮，弯着腰，露着刀，张着弓，勉强前进。他愈走愈感到彷徨，仿佛在这广漠无边的大草原上，从任何一个角落里，随时都可以有危险发生。走了一会，他忽然要玄奘前面先走，玄奘怕他落后，不肯

⊙ 玉门关遗址。玄奘西行必经之地。

前行，石槃陀勉强走了几里，又停下了，恳求玄奘说道："我实在不能再去了。一来我的家累太重，一家老小要靠我过活；二来王法森严，也不敢违背。请法师原谅，放我回去吧！"玄奘晓得无法勉强，只得叫他回去。石槃陀心中不舍，又劝道："师父一定要去，万一被人捉去，将怎么办？"玄奘道："我已立下誓愿，纵使此身千刀万剐，变成灰烬，也决不会改变我的主意。"石槃陀无奈，拜别去了。

于是玄奘单身独行，走上沙漠，但见黄沙茫茫，不辨东西，长途漫漫，渺无人烟，只看哪里有白骨、马粪，便往哪里前进。沙漠里远处景物的倒影，由于气流的急剧变化，往往瞬息万变，幻出种种可怕的形象；这在海上叫作"海市蜃楼"，在沙漠叫作"沙漠幻景"。玄奘正在独自走着，忽然看见有骑兵数百，满布沙漠间，乍行乍息，一望都是穿着羊皮裘骑着骆驼马匹的人们，拿着旌旗戈矛，一队队在远处沙漠里行进；可是这些人物易貌移形，倏忽千变，远看非常清楚，渐近渐渐消失，看不见了。玄奘起初看见，以为是强盗来了，后来渐近渐灭，又以为是妖魔鬼怪。可是意志的坚定，战胜了情绪上的恐惧，他仿佛听见空中说道："不要怕，不要怕！"遂壮胆前进。

走了八十多里，看见了第一座烽火台，玄奘恐怕被守兵发现，只好躲在沙沟里面，等到天黑，才偷偷走近烽火台前面，看见果然有一池清水，喝了一个饱，又洗了脸，正要取皮囊盛水，忽然飕的一声，一箭飞来，几乎射中膝部；不一会儿，飕的一声，又是一箭。玄奘知道难免，乃大声说道："我是一个出家人，从京里来的，你不要射我！"随即牵了马，向着烽火台走去；台上的人，也开门出来迎接，见是一个和尚，便带他进去，见校尉王祥。

王祥叫掌过灯来，细细一看，说道："果然不是本地的和尚，看这样子，好像是从京里来的。"便问玄奘来此何干。玄奘如此这般，说了一遍。

校尉也曾听见过有人说起，有一个和尚叫作玄奘，要上西天取经，但是故意说道："听说玄奘法师已经回东土去了，怎么会到这里？"玄奘取出文书度牒，给他看自己的名字，王祥方才相信，可是仍说西天遥远，如何到得？"现在也不罪你，我本是敦煌人，打算送你回敦煌去。那边有张皎法师，一向结交名贤，他看见你，一定会高兴的。我看你还是到他那里去吧！"

玄奘答道："我家乡是洛阳，从小喜欢从师学道，凡是东西两京、吴、蜀名僧，我都从他们游过，也曾谈经问道，正要广交名师益友，岂有不愿到敦煌去之理？不过贫僧曾经发愿到西天取经，以传布佛法。施主不加勉励，反来相阻，如何可种得善因，收得善果？假如一定要拘留贫僧，也只有随你，但是贫僧决不东移一步，这是实话。"

王祥听了，恻然说道："弟子多幸得遇吾师，怎敢相强？吾师今天疲倦了，且请安置，等到明天我亲自送你，指示道路前去。"遂请玄奘吃斋安置，一宿无话。

第二天早起斋罢，王祥使人盛水，又带了一些干粮，亲自送

⊙ 火焰山。位于新疆吐鲁番，地表红色，像沙漠一样，寸草不生。夏天这里更是极其炎热。

玄奘上路，一直送了十多里，说道："法师从这一条路去，可径奔第四烽火台，烽火台上守将，和弟子是本家，姓王名叫伯陇，他一心信佛；法师到了那里，可说是弟子请你去的，他必然优待。"说罢，洒泪拜别而去。

玄奘继续前行，走了几天，一天夜间，到了第四座烽火台。玄奘生恐又被留难，打算偷偷取水过去。正走到水边，将要下去时，忽然一箭飞来。玄奘吓了一跳，急忙向前打招呼，大声通报，烽火台上派人来迎，听说是第一烽火台守将王祥遣来的和尚，格外款待，留他住宿。第二天早晨，更以大皮囊和马匹干粮相送，临别叮嘱道："法师此去，不须经过第五座烽火台，那边的人极是粗野，恐怕发生意外。可从此方向前去，百里以外，有野马泉，可以取水。一路须是小心在意，法师保重要紧。"

玄奘谢了，再往前行，便是有名的莫贺延碛，长八百里，古时候叫作流沙河，真个是上无飞鸟，下无走兽，更看不见一点水草。玄奘只影孤身，望着无边无际的大沙漠前进，只是一心一意，念着西天取经，倒也不在意下。

玄奘日夜兼程前进，已行了一百多里，带来的水看看就要喝完，还看不见有什么野马泉；但见大碛连天，风沙漠漠，沙漠中卷起阵阵热风，刮起漫天沙土。玄奘走得乏了，口渴难当，取下盛水的皮袋，正要喝时，哪知一个不小心，失手打翻，水都泼在地下，完全渗入沙中，连一点都没剩下。大凡沙漠中旅行，全靠贮水，现在玄奘身边更无滴水，又找不到野马泉，饮料已经断绝，

⊙ 玄奘西行途中经过的流沙河。

不免心中焦急。又见路途绕来绕去，完全迷失了方向。欲待向人打听时，远近百十里内，更找不到一个行人。

沙漠中死一样的沉寂，沉寂得有点可怕。再往前勉强行时，路上断断续续，发现一些死人的骷髅。这些骷髅张大着眼眶，仿佛在向他狞笑，又好像在向他招呼："来吧！我们便是你的榜样！"——是的，在这沙漠中间，从古以来，不知道牺牲多少客商，埋葬了多少香客和传教的僧人；这一路不断的人马遗骨，便是他们留下来的唯一纪念物。想到这里，玄奘心中有些害怕。晚风卷起一阵阵流沙，把西下的夕阳都遮得失了光亮，天色已经暗下来了，口渴得浑身要冒出火来。玄奘没奈何，只得打算东归，心里想道：且回到第四烽火台，再作计较。于是回转马头，走了十几里，自念道：我先前发下宏愿，若到不得印度，决不东归一步，现在如何稍一遇到困难，便产生回去的念头？——不，决不，我宁可向西走而死，决不东归而生！玄奘主意既定，顿觉得勇气百倍，立刻拨转马头，继续向西方前进。

这时天色完全暗了下来，连西方一线天光，也完全变得昏黑，大地沉沉，更无一点声息。玄奘举目看时，只见到处是点点青磷鬼火，闪烁在荒沙白草之间。那马走了一天，也觉得乏了，不肯再往前行。玄奘不得已，只好打开铺盖，在沙漠里胡乱睡了一夜。

第二天天色微明，玄奘觉得身上十分寒冷，惊醒过来。双手搓眼看时，自己坐在大沙漠里，四顾茫茫，更看不见一个人影。只在不远的地方，发见自己的坐骑，没精打采地站在那边。一阵疾风吹过，把飞沙吹起，从半天散落下来，如骤雨一般。玄奘整理一下行装，继续上道，向着白茫茫的沙漠前进。走了一程，又是一程，尽是些黄沙荒碛，看不见有什么水草。

玄奘历尽了一切艰险，意志益发坚定，只是一天一夜没有喝水，口干得不能忍受。这样一连四五天，没有点滴沾喉，口干唇枯，焦燥得要裂开来。沙漠里的阵阵热风，刮的如火烧一般。玄奘眼中热得冒出火来，连前面的视线都觉得模糊了。到了第五天傍晚，实在支持不住，只好暂时卧倒沙漠，一面仍和风沙搏斗，一面暗暗祷告道："玄奘一心一意，往印度取经，此行一不求名，二不求利，只为无比坚贞的信念，一心寻求正法。但愿我佛顾念苍生，加以垂佑。"——这样至诚地祷告着，宗教的信仰，坚定了他的意志。

到了第五夜夜半，忽然起了一阵凉风，吹到身上，浑身感到凉快，心神顿觉一爽，模糊的双眼，视线复明，连那匹老马也都霍然站起。

玄奘精神恢复以后，遂继续前进。走了十来里路，老马忽然转过方向，另走一条路，玄奘拉它不住，经过数里，忽然看见有了青草，那马像发狂一样，撒蹄狂奔，赶到草地上，忙不迭地一口一口吃草。离开草地不过十来步，又发现了一个水池，水泉甘冽，澄清如镜。玄奘喜出望外，下去就饮。正是天无绝人之路，人马俱得更生。玄奘在水草边休息了一天，盛水取草，向西进发；更经过了两天，方才走出沙漠，到了伊吾国境。

欲知后事如何，且听下回分解。

第四回　麴文泰坚留法师
高昌国大开道场

　　话说玄奘法师，历尽艰险，渡过流沙，到了伊吾国境。唐初的伊吾国，便是现在新疆的哈密，是一个兄弟民族建立的小国；唐太宗李世民贞观六年（632 年），才改设伊州。玄奘去的时候，它还是一个独立的国家。玄奘进了城门，打听到一所寺院，便在这寺里投宿。这寺里有汉僧三人，内中有一位老和尚，听见玄奘从中国来到，来不及穿袍结带，光着脚出来迎接，抱着玄奘痛哭起来，哽咽了半天，说不出话来；最后好容易挣出一句话来道："谁想到今天，我还能够看见故乡人！"玄奘听了，也深为感动。这老和尚想起自己年迈，离乡日久，恐怕此生此世，不能再回家乡，看见玄奘，所以禁不住哭了起来。这时惊动了全寺僧众，都来观看；连伊吾国王也来拜访，并请玄奘住在自己宫内，十分款待，暂且按下不表。

此时高昌国王麴文泰的使臣，正在伊吾国，这一天正要回国，恰巧遇见玄奘，回去便告诉国王，说有一位中国高僧，名叫玄奘，往西天取经，路过伊吾，将到本国。这高昌国王麴文泰，先世麴嘉，本是中国河西金城榆中人，在后魏末年，立国高昌，建都在交河城（现在新疆吐鲁番西二十里雅尔湖滨），到此已历数世。这一个国家，受汉族文化影响很深，官方所用的文字，完全同中国一样，民间也读《毛诗》《孝经》。男子虽穿胡服，妇女仍着汉装。全国上下，信奉佛教，是西域道上一个大国。

　　国王麴文泰，依附西突厥，虽有时也到中国去访问，但是采取敷衍政策。这时听见玄奘将到，一方面知道他是一位名僧，十分高兴；一方面有心将他留下，不放他西行。遂马上派遣使者，连夜赶到伊吾国，通知国王，请玄奘前来；另外挑选了上等马几十匹，叫大臣亲自前往迎接。过了几天，高昌国王使者带了马匹到了伊吾，殷勤拜请。玄奘本意径从伊吾国出发，直奔西突厥王廷，取得突厥可汗护照，再往印度，因高昌国王意思殷勤，无法推辞，遂启程出发，渡过南碛沙漠，走了六天，才到高昌国界。一行人马进得白力城（现在新疆广安）。这时，太阳已经下山，玄奘见天色已晚，便要住下，城门官和从人请道："敝国国王专诚等待，国都离此不远，请法师换了坐骑兼程前进。"玄奘遂把自己骑的一匹赤马留下，另换一匹好马，兼程前进。夜半，到了王城；城门官启奏国王，国王下令大开城门，请法师进城。

　　高昌国王带了大群侍从，亲自出宫迎接。玄奘举目看时，但

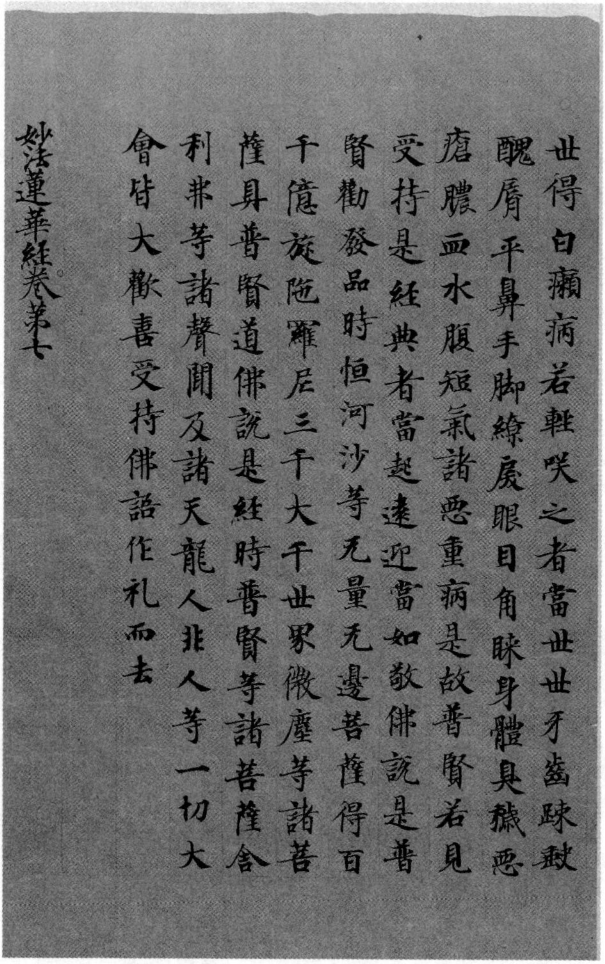

世得白癩病若輕咲之者當世世牙齒踈缺

醜脣平鼻手脚繚戾眼目角睞身體臭穢惡

瘡膿血水腹短氣諸惡重病是故普賢若見

受持是經典者當起遠迎當如敬佛說是普

賢勸發品時恒河沙等无量无邊菩薩得百

千億旋陀羅尼三千大千世界微塵等諸菩

薩具普賢道佛說是經時普賢等諸菩薩舍

利弗等諸聲聞及諸天龍人非人等一切大

會皆大歡喜受持佛語作礼而去

妙法蓮華經卷第七。

⊙ 敦煌写经《妙法莲华经》卷第七（局部）。

见无数宫灯，前后列成两条长炬，灯烛辉煌，侍卫严密。灯光之下，正中簇拥着一位国王，五柳长须，年纪有五十上下，是一个饱经世故富有权术的政治人物。相见罢，把玄奘请入后殿，坐在重阁宝帐之中，拜问说道："弟子自从听见老师法名，高兴的废寝忘食。日间计算途程，知老师今夜必到，所以我和妻子都没有睡，诵经念佛，专诚在这里等候。"玄奘称谢。过了一会，但闻环佩叮当，王妃同着几十个宫女，都来礼拜。这样闹了一夜，天色已经破晓。国王见玄奘鞍马劳顿，因连夜赶路，缺少睡眠，不住地打呵欠，方才辞别回宫，留着几个小黄门，服侍玄奘睡下。

第二天一早，玄奘尚未起床，国王已带了王妃以下一群人，前来请安。玄奘起身相见，国王说道："弟子心里想着沙漠遥阻，碛路艰难，而老师单身匹马，竟能独往独来，真是奇迹！"说着，流泪称赞。一会又供上斋来，请玄奘早餐。玄奘看见斋供丰盛，心中甚是过意不去。斋罢，国王亲自起身带路，请玄奘进入王宫边上一座道场，就在这里安置，并派人服侍。高昌国有一位象法师，曾留学长安，善知法相，国王请他前来与玄奘相见；又有一位"国统王法师"，年纪已在八十以上，也请来和玄奘作陪，并叫他劝玄奘就在此地住下，不必再往西天取经，玄奘不许。

过了十几天，玄奘便要辞行。

国王道："已叫国师请问老师意见，不知意下如何？"

玄奘道："蒙大王留住，实在十分感激；但与贫僧西来本意不合，所以不能遵命，还请原谅。"

国王道："弟子和国师曾游大国，也曾跟着隋朝皇帝，到过东、西二京，走遍了河南、河北、山西一带，会见了不少名僧，并不见得有什么了不起。自从得见老师，身心欢喜，禁不住手舞足蹈，满心想望老师安心住下，受弟子一辈子供养；更叫一国百姓，都来做老师弟子，听老师讲经传道。这里僧徒虽少，也有几千人，都叫他们执经听讲。还望察纳微心，不必再上西天取经去了。"

玄奘听说谢道："蒙大王这样厚意，贫僧实不敢当；但贫僧此行，不是为供养而来。平时常感觉本国法义未周，经典残阙，心中早有怀疑，不能解决，所以发愿到西天取经，使东土众生，得听大乘正法。这一点道心，只可一天比一天坚强，岂可半途而废？愿大王三思，不再苦留贫僧为幸。"

国王道："弟子仰慕老师，无论如何，一定要留老师供养，葱山可转，此志难移。请相信弟子是一番愚诚，不要疑我不实。"

玄奘道："大王一番深心厚意，贫僧早已知道。但是玄奘西来，目的在于取经；现在经还未得，岂可中道而废！希望大王原谅。况且大王积德修福，位为人主，不但苍生仰恃，而且佛教依凭，理当助扬善举，岂宜加以阻碍？"

国王道："并不是弟子敢阻碍老师；只因为敝国没有导师，所以要屈留老师，以引导众生。"

国王再三苦留，玄奘只是不肯，国王最后作色大声说道："弟子一切已经安排好，老师岂能要去就去！我一定要相留，再不然就送老师回国，请再自己好好考虑一下，还是相顺为妙。"

玄奘说道："贫僧所以来此，是为了求法，现在大王一定要相留，留得下的是我的身体，却留不下我的心……"说到这里，声音颤动起来，表现的意志十分坚决。国王还是不听，只令更增加供养，每天进斋的时候，国王亲自捧盘，殷勤劝食。

玄奘遂立志不食，以感动国王。于是他端坐法床之上，滴水不进，这样一连三四天。到了第四天，国王见他气息渐微，生命垂危，也深自懊悔，转念道：不如姑且放他西去，回来时再留他住下。遂到玄奘面前，稽首谢罪道："弟子愿意放法师西行，请早一点进斋。"玄奘还恐国王骗他，要他指日为誓。国王道："老师放心。如须要起誓，请一同在佛面前起誓吧。"

于是二人共入道场礼佛，并请出王母张太妃来，在她面前，二人结拜为兄弟。国王说道："现在听凭老师西行求法，但回来的时候，务请在敝国住上三年，受弟子供养。老师如当成佛，弟子愿如胜军王频婆娑罗故事，给老师做一个护法。还请屈驾暂停一个月，在这里讲《仁王般若经》，一面我们好为老师准备行装。"玄奘听了，一一答应。于是玄奘方才进食。

隔了一天，国王大开道场，在空旷地方，张起一顶大帐，可坐三百多人，恭请玄奘讲经。自王太妃以下，国王和将相大臣等，都亲自前来听讲。每一次开讲以前，国王亲捧香炉，自来迎接引路；玄奘将升法座时，王又低身跪下以身作磴，请法师蹑足而上。这样一连十几天，天天都是如此。讲经罢，又为法师剃度了四个和尚，叫他们一路同行，作为随伴。同时又制袈裟三十套，因为西方寒冷，又造面衣、手套、靴韈等，并送黄金一百两、银钱三万，绫罗绢缎等五百匹，足够法师路上来回二十年之用。另给马三十匹，挑夫二十五人，并遣殿中侍御史欢信护送玄奘到突厥叶护可汗王廷。又写信二十四封，给屈支等二十四国，每一封信，都附大绫一匹，作为信物。此外更拿绫绢五百匹，果味两车，献给叶护可汗，并附国书道："玄奘法师系臣之弟，今欲往婆罗门国（指印度）求法，路过西方各国。愿可汗怜师如怜臣，仍请敕以西诸国，给邬落马['邬落马'即古突厥语'驿马'（Ulagh）的译音，按即后来'乌拉'制度]递送出境。"玄奘见国王如此殷勤，而且赠送甚厚，考虑又十分周到，心中感激，十分过意不去，写信道谢，中间有几句道："决交河之水，比泽非多；举葱岭之山，方恩岂重？"说明他心中的感激。国王报道："法师既与弟子结为兄弟，则国家所有，即与法师共之，何必道谢。"

　　诸事准备就绪，玄奘择日起身，他出发的那一天，国王与僧侣、大臣、百姓等，都出城相送。国王抱着玄奘恸哭，无论僧俗，听了莫不悲伤。国王先叫王妃同百姓回去，自己同几位高僧各骑着马，又送了几十里，方才含泪拜辞回去。看官听说：玄奘来的时候，高昌国王本来不放他西行的，他伟大的人格，感动了高昌国王；而高昌国王的诚意相送，也使玄奘十分感激，早已立下主意，决定回国的时候再来高昌国一行。

　　欲知后事如何，且听下回分解。

第五回　度银山僧众遇盗
陟葱岭法师阻雪

话说玄奘法师一行，离了高昌国，西向焉耆国（现在新疆喀喇沙尔城）进发。一路餐风宿露，披星戴月，经过了大沙碛，行过了阿父师泉，渐渐看见大山，迎面挡路。原来这焉耆国，也算得西域一个中等国家，四面都是高山，道路十分险阻，里面一片平原，泉流交带，引水灌溉，多种黍麦，盛产香枣、葡萄，气候比较温和，风俗十分淳朴。玄奘从东边来，先要翻过银山，这山既高且深，到处都含有银矿，西域各国都用银钱，便是大多从这里开采的（这山现在叫作库木什山）。

玄奘一行翻过银山，正向西行，忽然一声锣响，道旁拥出一群强盗，高叫快留下财宝。玄奘给了他们一部分财物，方得前进。这时日色平西，晚风吹起阵阵黄沙，前去焉耆还是很远。玄奘恐怕路上不太平，遂在一道河边过夜。同来有些胡商，抢先要到王城去做生意，几十个人结着伴，半夜里私自出发。走不到十来里路，半途上遇着强盗，财物被劫，连几十人也都被杀死，无一得脱。第二天早晨，玄奘一行前来经过，见道旁遗骸还在，血渍未干，财产被抢一光，大家不胜浩叹。

又走了一程，渐渐望见王城，焉耆国王和大臣们出城迎接，并请进城安息。可是这国不久以前被高昌寇扰，两下结了仇恨，所以不肯给马。玄奘停了一宿即行。

玄奘从焉耆国西行，渡过一条大河（按，即是开都河），一路都是平川原野，走了七百多里，进入屈支国界（现在新疆库车，唐时旧城，在今城东南七十里东川河滨）。将近王城，屈支国王率领群臣和高僧木叉毱多等来迎。此外僧众数千人，都在城东门外张起浮幔，安奉佛像，作乐迎接。玄奘到了王城，国王和众僧前来慰劳，各在大幔就座，有一个和尚，便捧着鲜花一盘，来送给玄奘；玄奘捧了鲜花，到佛前散花礼拜，礼拜罢，便在木叉毱多下手坐下。过了一会，再去散花；散花罢，又献葡萄浆。大众进城，先簇拥玄奘到初一寺，受花受浆；随后又依次到了其他各寺，轮流献花献浆。这样闹了一天，到天晚才完，大众各散。

这里也有高昌国人几十人，在此国出家，别居一寺，在城东南角，他们听说玄奘从家乡来，坚请玄奘前去住宿，法师就在那里住了一宵。

第二天国王亲自来请法师进宫，供养极为丰盛，席上并有荤菜，法师合掌不食，国王怪而问故，法师道："这是渐教所开的例，贫僧皈依大乘佛法，不敢开荤。"国王遂叫撤下筵席，另供素斋。斋罢，法师遂辞了国王，往城西北阿奢理儿寺，去拜会木叉毱多高僧。

这位木叉毱多，是西域的一位大师，博闻强记，在当地威信极高，屈支国王及人民都敬重他。曾游学印度二十多年，读遍了众经，而最擅"声明学"（训诂释字，即我国所谓小学）。他见玄奘法师来拜，也只以普通的一位客人看待，不怎么尊重他。

玄奘举目看时，见此老道貌岸然。看茶罢，对玄奘说道："我们这里一切佛经——《俱舍》《婆沙》等应有尽有，尽够学习，我劝你不必西行，徒受辛苦。"

玄奘道："不知道这里也有《瑜伽论》么？"

老和尚道："要问这邪书做甚？真正佛门弟子，是不看这书的。"

玄奘起初本来还敬重他，及至听见他说这是邪书，遂看得他一文钱不值，回答道："《俱舍》《婆沙》，敝国也有，恨它理疏言浅，究非正经说法，所以专诚西行求经，要学大乘《瑜伽论》。这《瑜伽论》是后身佛祖弥勒所说，现在您说它是邪书，岂不罪过？不怕堕入无底枉狱么？"

老和尚道："《婆沙》等经，你未必能解，怎么说它理疏言浅？"

玄奘反问道："老师都能解么？"

老和尚道："我都能解。"

玄奘便引《俱舍经》初文来问，哪知一开头他就答错了。再进一步追问，老和尚色变，说道："你再问别的地方。"

⊙ 金刚力士画像。敦煌藏经洞出土。

玄奘再提出一条，老和尚也不记得，硬说里面并没有这句话。当时王叔智月出家为僧，也懂得经论，适在旁边，即出来证明里面确有这句话，当场取出经本对证。老和尚大惭，支吾说道："年纪老了，记性不好。"

玄奘又问其余各部，老和尚也解释不通。玄奘晓得他已经理屈词穷，不便再去追问，即起立辞出。

这时冰山阻雪，道路未开，玄奘一行，无法前进，在屈支国一住六十多天。玄奘无聊，时时去找老和尚谈谈；老和尚见了，不敢再妄自尊大，有时故意避开，对人说道："这个中国和尚不是好相与的，他要是到印度去，那些年轻人恐怕还不是他的对手。"

玄奘等了六十多天，方才束装出发，国王拨给驼马人伕，所有僧俗人等，倾城全来送行。从此西行走了两天，一天正行走间，忽然前面尘沙大起，迎面来了突厥强盗二千多骑，手中各持刀枪，相貌十分凶恶，大家一拥而前，不由分说，把玄奘一行统统包围起来，把所有财物，预为分派，可是因为分赃不均，互相打了起来，一哄而散。

玄奘又往前行六百里，渡过一块小沙漠，到跋禄迦国（现在新疆从拜城到阿克苏一带，亦即汉朝的姑墨国），停宿一宵，继续前进。

玄奘一行，又向西北行了三百里，渡过一碛，迎面望见高山插天，一派雪岭，阻住了去路。这正是葱岭以北有名的大山，汉人叫作天山，回人叫作腾格里山。这山非常峻峭，自从开辟以来，终古积雪不化。其中有一个特别高峻的山岭，叫作凌山（即《新唐书》的拔达岭，《西疆杂述诗》作冰达坂，现在天山的穆素尔岭 Muzart Dawān），上有冰山，下有积雪，一望冰天雪地，与云相连，真个是鸟飞不到，人迹罕至。阴崖积雪，深到好几十丈。有时冰山忽然摧落，横塞道旁，高的有几百尺，广的达好几百丈。这叫作"雪崩"，行旅遇此，几无一得以幸免。玄奘一行，胆战心惊，大家用长索互相挽着，牵着牲口，从崎岖山道，踏雪前进。正是：

积雪晨飞，途间失地；
惊沙夕起，空外迷天。

山上气候寒冷，大家穿上重裘，犹自发抖不已。晚上睡眠，到处都是冰雪，没有一处干燥地方可以歇脚。煮饭的时候，必须凿下冰块，悬釜而炊，水久煮不开。这样一连七天七夜，方才渡过这座大山，一行人中间，十停冻死了三四停，牛马死的更多。历尽了辛苦，方才到得突厥国境。

欲知后事如何，且听下回分解。

第六回　通国书突厥迎玄奘
　　　颁通牒可汗护佛法

话说唐朝初年的突厥，势力十分强大，分为东西二部。那西突厥肆叶护可汗，建都在素叶城（《旧唐书·地理志》注作"细叶"，《经行记》及《新唐书》作"碎叶"，在今苏联吉尔吉斯共和国托克马克城），他阻断唐帝国与西方的贸易交通，与唐朝为敌，西域四十多国，都受他节制。玄奘要到印度去取经，必须请可汗做个护法，发下护照，方可通行无阻。所以玄奘一行到达屈支国后，本可由疏勒逾过葱岭，向西南径赴印度；现在不向南行，反而绕道西北，越过葱岭北面大山，谒见突厥可汗，许多人都不解为何，实在其原因端在于此。

却说玄奘法师一行，越过天山，冻死了好多人马，方才到得西突厥国境。这里已是天山北路，天气寒冷，山谷积雪，春夏含冻，白天阳光一晒，虽然融化，但往往随化随冻。一路跋涉险阻，

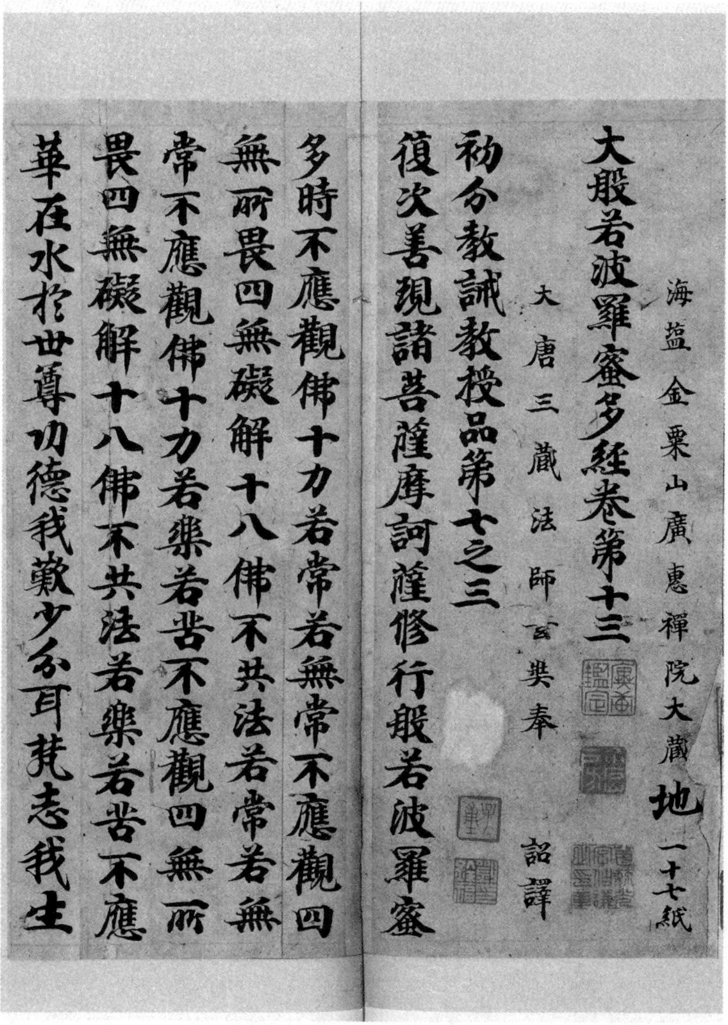

大般若波羅蜜多經卷第十三　海鹽　金粟山廣惠禪院大藏　地　一十七紙

大唐三藏法師玄奘奉　詔譯

初分教誡教授品第七之三

復次善現諸菩薩摩訶薩修行般若波羅蜜

多時不應觀佛十力若常若無常不應觀四

無所畏四無礙解十八佛不共法若常若無

常不應觀佛十力若樂若苦不應觀四無所

畏四無礙解十八佛不共法若樂若苦不應

華在水於世尊功德我戇少分耳梵志我生

⊙ 敦煌写经《大般若波罗蜜多经》卷第十三（局部）。

北风惨烈。

又走了四百多里，经过了一些黄沙白草，到了大清池（现在苏联吉尔吉斯共和国伊斯色克库尔湖）。这池又叫作热海，因为它四面雪山环抱，而湖水常年不冻，所以得名。这湖周围有一千四五百里，东西较长，南北较狭，湖上浩浩渺渺，虽然没有什么风，也有洪波巨浪，一望无际。玄奘一行沿着湖岸向西北行，觉得山清水秀，风景十分清幽。这样走了五百多里，方才到素叶城。

那一天正行之际，忽然看见前面大草原上，扬起半天尘沙；尘沙影里，现出一彪人马；那人马渐渐来近，但见漫山遍野，都是旌旗驼马。玄奘心下惊慌，同行的高昌国使臣说道："法师不必惊慌。看这样子，只怕是突厥可汗出来打猎。"正说间，一丛人马来得近了，中间簇拥着一位可汗，骑着一匹高头伊犁大马，正是西突厥肆叶护可汗。玄奘看时，见可汗年纪约有五十开外，身披一件绿色战袍，足登一双乌皮战靴。头上露出头发，用了一丈多的帛练，裹住额发，往后垂着。左右前后，有大臣和战将二百多员，都穿着锦袍，头上也都拖着辫发。其余随从士兵，都披着反穿的羊裘，手中拿着戈矛，有的张弓，有的打旗。这时从四面八方，涌上一队队人马，一望无穷无际。高昌国使臣引着玄奘到可汗马前，打个稽首，一面启奏道："贫僧是高昌国王派来见可汗的。"并说明自己上西天取经的意思。可汗听见是高昌国王派来的，欢喜道："我现在暂时要出去走一遭，两三天便回，法师且到王府先去休息一下。"随即叫一个大官名叫答摩支的，引着玄奘一行进城休息。

玄奘看那素叶城时，是一座土城，城池并不很大，周围不过六七里，胡商杂居，骆驼队进进出出，扬起漫天尘土，完全是异国情调。

过了三天，肆叶护可汗打猎回来，传令召见玄奘。玄奘率领随从人员，进了可汗所住的大帐。举目看时，但见帐篷高敞，上面绣着金花，灿烂夺目。大帐前面，列着两行长筵，许多王公大臣，穿着锦袍，列坐两旁；后面排列仪仗队，威武整齐。玄奘心中想道：突厥可汗虽是"穹庐之君"，也自尊贵非凡。当下肆叶护可汗，亲自出帐迎接，传话慰劳。进入大帐，可汗升座，特为玄奘设一铁交椅，上面铺着锦褥，请玄奘坐下。原来西突厥崇奉拜火教，如果坐在木椅上面，因为木中有火，据说那就会亵渎了火神，所以特设铁椅。一会儿，传旨引汉使同高昌国使者进见，递上国书，献上信物。可汗一一过目，心中十分喜悦，赐使者坐，传旨陈酒作乐。可汗同一些大臣，自饮一种马乳做成的酒，另以葡萄美酒进奉玄奘。席间互相酬酢，觥筹交错，宾主尽欢。酒过三巡，可汗传旨奏起乐来，虽是异国之乐，听起来倒也铿锵乐耳。酒罢，更进肴馔，都是一些牛肉羊肉，堆满桌上；突厥人也知道玄奘吃素，另进素斋，有饼饭、酥乳、石蜜、刺蜜、葡萄等，甚是丰盛。斋罢，更请玄奘饮葡萄酒，并请说法。玄奘更不推辞，讲了一些佛家道理，劝突厥人受戒行善，爱人惜物，和《波罗蜜经》一些浅近易懂的道理。突厥人听了，都举手叩额，表示欢喜，并留玄奘多住几天。

过了数日，可汗传下旨意，要留法师住下，并劝说道："印度天气炎热，十月天气还同此地五月一般，看法师这般容貌，如何去得，到那里恐怕经不起太阳晒，一晒便要融化，还是留在这里的好。"玄奘道："我要到印度，不是为别的，是为了要追寻佛迹，访求佛法，请转奏可汗，务求放行才好。"大官代为转奏，可汗听了，便叫修下国书，发下护照，并找到一个通中国话的年轻人，封为"摩咄"，叫他一路护送法师到迦毕试国；又送玄奘绫罗法服一套，绢五十匹，和群臣亲自送了十余里，方才珍重道别回去。玄奘动身西行，向迦毕试国前进。

欲知后事如何，且听下回分解

第七回　入铁门再登帕米尔
　　　　寻佛迹南越大雪山

话说玄奘法师，别了西突厥可汗，继续西行，向迦毕试国前进。他所取的路线，是由东而西，再自北而南，横绝中央亚细亚，渡过锡尔河、阿母河两条大河，越过帕米尔高原西部，经过铁门，再翻过大雪山，以入印度。他从素叶城西行，走了四百多里，首先到了千泉（《西域记》音译作"屏聿"，现在苏联吉尔吉斯共和国 Talas 与 Tokmak 之间）。这里是西突厥可汗夏天避暑的地方，但见一片大森林，都是松柏冷杉，林中幽凉阴润，仰望不见天日。林中还有一些湖沼，映着树木倒影，风景十分清幽。玄奘心中想道："想不到沙漠之外，还有这样好的地方！"一路观玩风景，欣赏不置。

从这里向西往南，经过了许多路程，到了笈赤建国（现在苏联吉尔吉斯共和国赛喇穆城）。这国周围一千多里，也算葱岭以西一个大国，这里土地肥沃，所以农业比较发达，花果也很繁盛，尤其盛产葡萄。

从此又西行二百多里，到赭时国（一称石国，现在苏联乌兹别克共和国塔什干城），这国周围也有一千多里，西面临着叶河（现在锡尔河，发源葱岭，西北流入咸海）。国境东西较狭，南北较长，居民一半从事畜牧，一半从事耕种，有城镇好几十座，各自立有君长，但都臣属突厥。听说突厥可汗派遣使者护送中国法师前来，各各恭敬迎送。

玄奘又向西走了几百里，到了窣堵利瑟那国（一名东曹国，这是中古时代阿母河以北锡尔河以南诸地总名，现在苏联乌兹别克共和国北部）。这国周围一千四五百里，东面临着叶河。居民多从事畜牧，往往迁徙无常。国王也臣服突厥，对玄奘极其恭敬。

从此再向西行，又走进了一块大沙漠，这是葱岭以西中亚的大沙漠，一路行来，绝无水草，但望着天边上的大山，断定东西南北方向；更循着人马遗骸，觅路前进。

好容易走出了沙漠，到了飒秣建国（又称康国，现在苏联乌兹别克共和国撒马尔罕城），原来这国过去也是信奉佛教，玄奘去的时候，佛教已经衰微，举国信奉拜火教，剩下佛寺两所，也没有一个和尚敢住。玄奘说服了这国国王，才又开了一次大会，讲经说法，佛教才又稍稍复兴。

从飒秣建国往西，玄奘走进了昭武九姓国的范围。原来这国的国王，本来姓温，是月氏人，旧居在祁连山北的昭武城，后来

⊙ 撒马尔罕城，中国古代称为康国、康居，是丝绸之路上的千年古城。

被匈奴所破，逃到葱岭以西，建立了月氏国。到了隋朝的时候，分为九国，各姓昭武，表示不忘本的意思（这九国是康国、安国、钹汗、米国、史国、何国、乌那曷、穆国、漕国）。

玄奘从康国西行，先经过屈霜你迦国（即何国，现在苏联乌兹别克共和国喀桑城），又经过喝捍国（即东安国，现在乌兹别克共和国哈札木博尔）、捕喝国（即中安国，现在乌兹别克共和国布哈拉城）、伐地国（即西安国，现在乌兹别克共和国簸尔甫），最后渡过了阿母河，到了货利习弥伽国（即《唐书》火寻国，现在乌兹别克共和国基华城）。这国已近咸海，是玄奘行程中极西的地方。从这里折回南行，又经过羯霜那国（又称史国，现在乌兹别克共和国加尔支城），然后转向东南，重登帕米尔高原。

这帕米尔高原是有名的世界屋脊。玄奘是世界旅行家中到过帕米尔高原的第一人。玄奘翻越葱岭北面大山到西突厥去的时候，曾走过它的东北边缘，现在要越过铁门关到印度去，必须经过它西部边缘。但见万峰插天，山深路险，积雪没胫，绝少人行。有时一连走了几天，看不见一点人烟。玄奘这时已饱经锻炼，能够爬山越水，吃苦耐劳；但是一路行来，缺少水草，牲口缺乏饲料，增加了不少困难。好容易历尽千辛万苦，又走了三百多里，才算盼到了铁门关。

这铁门关（现在苏联乌兹别克共和国 Derbent 西二十余里），是帕米尔高原上的一个险要隘口，也是中央亚细亚南北交通的一个孔道。玄奘仰面看时，但见两旁石壁，色黑如铁，悬崖直上，

⊙ 穿波斯装的吐火罗士兵。出自塔里木盆地克孜尔千佛洞壁画。

高不可攀，正是铁壁横天，猿鸟难渡。中间很窄的一条山道，高高直上，道路尽处，出现一座关门。门前立着五六个突厥士兵，看见一行人马来近，远远地便大声喝问。护送玄奘的官员向前，出示突厥可汗的护照，才挥手叫大家前进。原来这铁门关，是西突厥极南的一个边塞，经常设有将军守卫。玄奘到了关上，验过了护照，才开关放行。玄奘细细看时，这关有大铁门两扇，门扉上遍钉铁钉，又铸铁为铃，悬挂门上，但凡门扇开动，铃声自己会响，行人无法偷渡。

过了铁门关，山径陡削直下，再回头看时，形势异常险要，真有一夫当关，万夫莫开之势；比起玄奘从前所走过的剑门关，还要险几分，所以突厥人要在这里设兵守卫。

玄奘又走了好几天，才渡过了帕米尔高原，到了吐火罗国。

从铁门关往南，到北印度边境为止，现在是属于阿富汗的范围，在唐朝初期的时候，大雪山以北，阿母河以南，总称为吐火罗国，是一个伊朗文化和印度文化混合的区域，也就是东方文化和西方文化交错的地方。可是直到伊斯兰教侵入的时候为止，那里印度文化的成分还是多于伊朗文化的成分。

这吐火罗国，原是西亚的一个大国，东西三千多里，南北一千多里，国内有一条大河，叫作缚刍河（现在的阿母河），它发源于帕米尔高原，自东向西流，注入咸海，横贯在国境以内。提起这个国家，中国历史上并不生疏，古时叫作大夏；汉时臣属大月氏；后来改称嚈哒，国势十分强盛。到了唐朝初年，又叫作吐火罗，后因王族断了后代，国内分为二十七个部落，都服从西突厥。其中有一个部落叫作活国（现在阿富汗国 Kunduz 城，亦昭武九姓国之一），本是吐火罗的旧都，在阿母河南岸，形势十分重要，突厥可汗派他的大儿子咀度做总督（突厥叫作"设"，即 Sad 的译音），来统治吐火罗的全境。这个咀度又是高昌国王的妹婿，玄奘来时，带有高昌国王的亲笔信。不巧这时高昌公主可贺敦死去不久，咀度自己也正在生病，听说玄奘从高昌来，又得国王亲笔信，想起了自己的亡妻，和儿女等呜咽哭泣不止。半晌，才对玄奘说道："弟子一见老师，精神就觉得好了许多。请法师暂在我这里住下，过些时等我病好了，再亲自送法师到婆罗门国去吧！"后来咀度的病，果然一天好似一天。

玄奘正准备出发，活国忽然发生政变：总督的后妻可贺敦，年少貌美，和总督第一个妻室所生的儿子特勒私通，居然用毒药害死了丈夫。总督既死之后，高昌公主所生的儿子年小，遂被特勒抢夺了总督位子，照突厥风俗，公然娶了他的后母，立为妃子。因为活国遭着大丧，玄奘不好就行，暂留了一个多月。

过了一些时候，玄奘觐见新总督，请派遣使臣，并给"邬落"马匹，好到印度去求经。新总督道："弟子所部有一个小国，叫作缚喝罗国，北临阿母河，大家叫它做小王舍城，那里佛迹极多，老师可暂往巡礼，然后再南下未迟。"玄奘踌躇不决。这时恰好有缚喝罗国和尚数十人，听说旧总督逝世，新总督就任，同来活国吊唁，一面贺新总督就任，见了玄奘，说起要往该国巡礼之意。

众僧说道："一路正好同行。从我们那里到印度去，另有好走的大路，不必再绕回到这里来。"玄奘听了高兴，便向新总督告辞，同着众僧，向缚喝罗国出发。

那缚喝罗国，就是希腊史上所谓巴克德利亚（现在阿富汗波尔克城），自古以来，早已著名。这国东西有八百多里，南北四百多里，都城周围也有二十多里。城中佛教极盛，寺宇繁多，塔顶多饰黄金，太阳一照，光耀夺目，所以有"小王舍城"之称。玄奘一进城门，看见城郭宏大，市况繁盛，城中有伽蓝一百多所，僧徒三千多人，都学"小乘"。城外西南，有一座"纳缚伽蓝"，甚是整齐。玄奘前去观光，瞻仰了寺中三宝。是哪三宝？第一是"佛澡罐"，量一量有二斗多；第二件是佛牙，长一寸，广八九分，作黄白色，据和尚说道，常常放光；第三件是"佛扫帚"，是用迦奢草做成的，长有三尺，围可七寸，扫帚的柄上，镶有宝玉，据说是释迦曾亲自用来扫地的。这三件宝贝，是和尚用来吸引香客之物，每逢斋日，便迎了出去，来看的僧俗百姓，成千成万。寺北面有一座塔，高二百多尺，上面相轮七重，金光照耀。西南又有一座精舍，建立已经好几百年，在这里修行得成正果的，世世不绝。这些高僧坐化以后，都有塔记，一座接着一座，多到几百座。这时有磔迦国一位和尚名叫般若羯罗（汉译慧性）的，也从印度前来巡礼，这个和尚，是印度的一位名僧，天资聪明，博学多才。他听见玄奘远来求法，特来相见，相谈之下，各各互相钦敬。玄奘就在这里住了月余，同他研究《毗婆沙论》。这是玄奘所作中印两国文化交流工作的开始。

玄奘离开了缚喝罗国，又受胡实健国王礼请，到那里讲法。住了几天，又同慧性法师作伴，南行到了揭职国（现在阿富汗得哈斯城）。从这里再向东南行，入大雪山，到了梵衍那国境（现在阿富汗国巴弥扬城附近）。那大雪山便是现在有名的伊拉克斯奇山，高峰插天，山路艰险，比起"凌山""沙碛"，还要加倍危险，山顶凝云飞雪，四时霏霏不断，积雪最深的地方，深达数丈，行旅非常危险。玄奘法师一行，历尽艰辛，方才翻过大雪山，到了梵衍那国都城。

欲知后事如何，且听下回分解。

第八回　大雪山中积雪迷途
小乘寺里孤灯话旧

　　话说玄奘法师，在大雪山中翻山越岭，又行了六百多里，到了梵衍那国都城（现在阿富汗国都喀布尔西北巴弥扬城）。这梵衍那国，完全是一个山国，东西二千多里，南北三百多里；都城也在山谷之中，跨着一条小河的上游，只能种一些青稞。人民生活比较困苦。因为是高原地带，所以宜于畜牧，山地居民，多养牛羊。这里有佛寺十多所，僧侣几千人，都学小乘佛法。玄奘到了都城，国王亲自出来迎接，请进王宫供养，一连住了几天。这国有圣使、圣军两位高僧，都是学问渊博，见了玄奘，相谈之下，深为佩服，惊叹东土有这样一位名僧。二人带了玄奘到处参观，殷勤招待。都城东北有个大佛谷，山岩石上，有立石大佛像，高一百四五十尺，气魄伟大，雕刻的十分生动。石像东边，有一所佛寺，寺东边有鍮石释迦牟尼佛立像，高一百尺；寺内有佛入涅

⊙ 迦腻色迦金币。公元二世纪造，健陀罗风格。

槃的卧像（即中国所谓卧佛），长一千余尺，都是出自名手。玄奘巡礼一遍，即便起身南行。

从此东南行二百余里，将要走完大雪山，可是路中又遇着大雪，迷失了道路。但见漫山遍野，尽是银色世界，那大雪纷纷扬扬下着，看不见道路远近，也莫辨东西南北。满山琼枝玉树，点缀的如同琪花瑶草一般。山回路转，迷失了方向，山间原有的道路，都被大雪盖住了。但见一片雪白，分不出道路远近。玄奘一行人，牵着马匹，脚高步低，在大雪中摸索前进。看看天色黑将下来，深山中又找不到人家，那雪又下个不住。玄奘见不是路，只好和大家商量，且找一处山凹中可避风雪的地方，暂时胡乱过了一夜。

天色微明，玄奘在寒冷中惊醒，坐起身来看时，左右同行的人都睡在雪地里，再看自己的铺盖，也深深埋在雪中。带来的几匹马儿，都挤在岩畔，马背上也都是积雪，鼻孔中吁出一股股热气。玄奘叫起大家，吃了一些干粮，再赶路前进。带路的土人一路哆罗埋怨着，雪渐渐住了，但是依然找不到方向。再前行时，找到一条小溪，顺着小溪走了半天，脚高步低，积雪没胫。好容易到了一个小沙岭，岭下有一个猎人，正在雪中打猎。带路的土人向前打听道路，方才知道已出了大雪山。又度过一重黑山，到了迦毕试国境。

这迦毕试国，在大雪山之南，即现在阿富汗国加非利斯坦一带地方，它的国都，便是现在的喀布尔。这国周围四千多里，是印度西北的一个大国。国王是属于刹帝利阶级，智勇兼备，统属十几个部落，都信奉佛教。听说中国有一位玄奘法师，到印度取经，将到本国，便亲自带了诸僧，出城门来迎接。这国都城之内，有佛寺一百多所，各寺和尚，听见玄奘到来，争着请他去住。其中有一座小乘寺，名叫"沙落迦"，据说是从前中国汉朝皇帝有一位王子在此国时所造。寺僧说道："我们这寺本是汉朝王子所造，现在法师既从中国来，应该先住我们寺里才是。"玄奘看见他意思十分诚恳，遂即答应住下。

这晚用过了斋，方丈请玄奘进去小坐。玄奘看那方丈时，有六七十岁年纪，长了一部白胡子，双目深陷进去，很和善地接待客人。玄奘问道："请问老法师，这中国王子，是哪一个朝代的王子，什么时候来到这里的？"

老方丈道："这位王子，是汉朝的王子，在迦腻色迦王时代来到我国的。"

玄奘问道："迦腻色迦王离现在有多少时候？"

老方丈道："离开现在大约有六百年。"

玄奘算了一算，六百年前正当中国东汉光武帝时代，不曾听说有什么王子来到西域，可是那个时候河西有个窦融，因为中间隔着隗嚣，不能和汉朝交通，势力十分孤弱，为了结交西域邻国，派他的儿子到西域去访问，也是有的，因问道："这位王子在这里留下了什么遗迹？"

老方丈道："我们这一座庙，就是这一位王子所造。而且在造寺的时候，还在这寺的东门南面一位金刚脚下，埋了不少财宝，预备以后修盖庙宇用的。我们的祖师，为了纪念这位王子，在墙壁上到处绘了王子的像，每逢过节的日子，大家为他念经祈祷，一直传到现在，没有间断过。"

玄奘听了，十分感动。古代的历史是茫昧的，这个王子在六百年前，做了许多工作，可是现在连他的姓名都已经考不出来了。第二天一早，玄奘细细参观壁画时，看见墙上绘的中国王子，虽然相貌不大像中国人，可是着的确是汉代衣冠。方丈告诉他道，从这里到印度去，一路还有许多有关他的遗迹。玄奘听了，记在心中，不在话下。

玄奘和慧性法师，又在大乘寺里一起说法五天，国王及众僧都来听讲。这国有讲大乘的高僧秣奴若瞿沙、萨婆多阿梨耶伐摩；讲小乘的有求那跋陀，都是佛学领袖。但是他们互有门户之见，学不兼通，大小各别；独有玄奘法师，兼通大小乘，随人发问，应答如流，众人无不心服。国王甚是欢喜，送给玄奘纯锦五匹，作为敬礼，玄奘婉言谢绝。

这时慧性法师，重被吐火罗国王请回，玄奘和他作别，独自东进，走了六百多里，翻过黑岭（今兴都库什山南的一座大岭，又名黑山，是阿富汗东境 Syahkon 的义译），便到了北印度境内。

这是玄奘初到印度，灵山在迩，佛国匪遥，那法师虔心诚意，向着北印度前进。

欲知后事如何，且听下回分解。

第九回　越黑岭初入北印度
访圣迹顶礼佛骨城

话说玄奘越过了黑岭，进入了北印度。他初次接触到印度人民，感受到印度文化，一切觉得新鲜；加以南国的风光是浓郁的，热带的树木是葱郁的，更使人感到了一些异国情调。那时的印度，正是佛教最后一个全盛时期。自从释迦牟尼佛寂灭以后，孔雀王朝的阿育王（前273—前237年），第一个信奉佛法，他大兴佛寺，下令抄写佛经，定为国教，这是佛教第一个全盛时期。后来佛教中衰，到了隋唐之际，婆罗门教势力渐盛，伊斯兰教也乘机传入西北边地，同时北印度诸国，还有相信火祆教的。戒日王（598—647年）即位，又重振佛教，这是佛教在印度最后一个全盛时期。玄奘到印度去的时候，恰恰遇着这样一个时期。他巡礼佛迹，研讨佛法，周游了五印度，到处观光佛寺，探访石窟，佛教的思想和艺术，对于他的印象是极深的。

这时印度还没有统一，在地理上分为东、西、南、北、中五部。玄奘进入印度，是先由北印度转入中印度，再由中印度转入东印度，又沿印度东海岸而南，到了南印度；然后又由南印度绕行西印度，最后又回到中印度。他所经历，共有七十多国。

北印度大国，有滥波国、健陀罗国、乌仗那国、乌剌尸国、磔迦国，而以迦湿弥罗国为最大。这些国家，大多在现在巴基斯坦共和国、克什米尔、印度旁遮普省一带。

中印度大国，有秣菟罗国、萨他泥湿伐罗国、禄勒那国、秣底补罗国、垩醯掣呾罗国、劫比他国，而以羯若鞠阇国为最大。这些国家，大多在现在印度联合省、恒河中游两岸，这一带佛迹最多，释迦牟尼诞生的迦毗罗卫国（现在尼泊尔国南境），胜军王曾经建都的舍卫国，以及阿育王曾建都的摩揭陀国和王舍城，都在中印度一带。

东印度大国，有伊烂拏钵伐多国、瞻波国、奔那伐弹那国、三摩呾吒国，而以迦摩缕波国为最大。

南印度也有许多国家，以达罗毗荼国为最大。

西印度也有许多国家，而以摩诃剌陀国为最大。

玄奘周游五印度，一一访问了这些国家，是中国周游五印度的第一个旅行家。下面分别叙述他的行踪。

玄奘进入北印度，首先到滥波国（现在阿富汗东部 Bālābāga 一带，一说在阿富汗 Lamgbam）。这国虽然现在阿富汗国境内，但是在文化上完全属于印度的体系；风俗习惯，也和印度大同小

⊙ 古印度金属制品双牛。这件作品反映了古代印度文明达到很高的水平。

异。它周围有一千多里，北面背着雪山，南面临着平原，气候风土，已经和玄奘以前所到的国度完全不同：这里已经开始种稻，多产甘蔗，最冷的时候，也不过下一点微霜，从来没有看见过雪。玄奘从北方来，意识到已经到了渐近热带地方。他在滥波国停留了三天，参观了十来所佛寺，便再往南行，到了一座小岭，岭上有一座宝塔，据说释迦从前曾从南方步行到此，在这山头上小立。后人为了纪念他，所以盖了这一座宝塔。

从这里往南走了二十多里，下了山岭，渡过一道河，到了那揭罗喝国（即《法显传》的那竭国，现在阿富汗国东境 Jalalabad）。这国东西六百多里，南北二百多里，是一个小国，服属迦毕试国。地方虽小，可是这里五谷丰登，花果繁盛，气候已十分温暖，风俗也比较淳朴。居民大多信奉佛法，是北印度一个佛教发达的国家。都城周围二十多里，在城东南二里，有一座浮图，高三百多尺，是阿育王所造，塔上金顶，闪闪发光。玄奘问建塔缘起，有一个老和尚说道："这是释迦牟尼佛在第二代转世时，遇着燃灯古佛，替他敷鹿皮衣及布发掩泥的地方，虽然历尽劫数，这个佛迹依然不坏。"玄奘听了，点头赞叹。

从这里向东南行，度过沙岭，走了十来里，便到了佛顶骨城。玄奘进得城来看时，虽然城郭不大，倒也熙熙攘攘，十分热闹。这里的居民，大多缠头，因为愈近南方，阳光愈烈，人们皮肤渐渐转黑。玄奘到处观光，走到一所佛寺，寺里有一座重阁，第二层阁中，供着一座七宝镶金乌木宝塔，中间供奉着如来顶骨。这寺里的和尚，为了招徕香客，还制造了一些所谓"佛迹"：有一件髑髅骨，一层层有如宝塔的形状，又如千层荷叶一般；又有所谓"佛眼睛"，有鸡蛋大小，光明透亮，闪闪发光；此外更有"佛锡杖"，用白铁为环，栴檀木作柄，看起来分量十分沉重。——实在这髑髅骨是一件古生物的骨化石，佛眼睛是一个水晶体，倒是这佛锡杖是人工制造的工艺品，手工做的十分精致。玄奘看了一遍。又听说附近有一座灯光城，是这里的一个名胜地方，也去观光一番。然后再向中印度前进。

　　欲知后事如何，且听下回分解。

第十回　拜石窟倏见如来影
礼宝树巡行舍利塔

　　佛顶骨城是北印度有名的一座佛教城市，附近有一个灯光城；出城西南二十多里，有一座小石岭，上面是百丈悬崖，下面临着深涧，涧西岸有一条瀑布，飞流而下，泻入涧中。东岸石壁上，有一个大石窟，洞口正对着那瀑布，据当地传说，是瞿波罗龙王所住的地方。当年佛祖到此，降伏了这条孽龙，因在洞中石壁上留下了佛影。这个传说虽然荒诞不经，可是由来已久，在法显的《佛国记》里，也记载着这一个神话。玄奘到了佛顶骨城，打听得这个石窟所在地方，便要前往巡礼。

　　可是这条路异常荒僻，又多强盗，二三年来，久已无人问津，去礼拜的更少。这时玄奘要去巡礼，迦毕试国派来护送的使者，急于想要回国，不愿多留，劝玄奘弗去。玄奘道："如来真身之影，亿劫难逢，岂有已经到了这里而不去礼拜的道理？你们可先

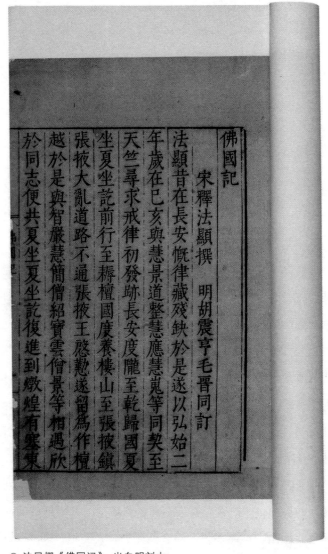

佛國記

宋釋法顯撰　　明胡震亨毛晉同訂

法顯昔在長安慨律藏殘缺於是遂以弘始二
年歲在己亥與慧景道整慧應慧嵬等同契至
天竺一尋求戒律初發跡長安度隴至乾歸國夏
坐夏坐訖前行至耨檀國度養樓山至張掖鎮
張掖大亂道路不通張掖王慇懃遂留爲作檀
越於是與智嚴慧簡僧紹寶雲僧景等相遇欣
於同志便共夏坐夏坐訖復進到燉煌有塞東

法显撰《佛国记》。出自明刻本。

72

走一步，我去一去，就随后赶上。"于是他独自一人上路，先到灯光城，找到一所佛寺，见了和尚，打个问讯，并求一个人带路，但是问了半天，没有一个人敢去。最后找到一个印度男孩，说他家离石窟不远，愿意先送玄奘到家里，第二天再同他前往。玄奘见他热心伶俐，心中欢喜，便同了小孩一路前去。路上玄奘问他家里有什么人，做什么营生；小孩用北印度方言回答，原来他只有一个母亲，靠种庄稼过活；玄奘问路上可有强盗，小孩回答，强盗是有的，但他们不抢穷人的。说话之间，到了一所村庄，太阳已经下山。玄奘见过小孩母亲，道了谢，便在村上住下，一宿无话。

第二天一早起来，玄奘便要前去。小孩替他找到一位老人，认得石窟所在地方，便一同出发。这路果然险恶，但见山深路阻，绝无人行。一路只听见一些泉声水声，和山鸟叫声。

走不到几里，一声呼啸，道旁转出五个强盗，手里各拿着明晃晃的钢刀，便要上前来。玄奘急忙脱帽，表示他是一个出家人。一个强盗高声问道："和尚往哪里去？"

玄奘道："要去礼拜佛影。"

强盗道："你难道不晓得这里有强盗？"

玄奘道："强盗也是人。贫僧为了拜佛，虽然到处都是毒蛇猛兽，我也不怕；何况居士们都是人身？"

强盗听了，都受他感动，遂发愿道："既然这样，我们陪你前去，大家一同去拜佛影。"

⊙ 佛陀说法雕像。萨尔纳特出土。

玄奘欢喜，大家一路前进。到得石窟面前看时，洞口在石涧东壁，门口向着西开，对着瀑布，往里面一望，果然十分幽深，但见昏昏沉沉，什么都看不见。老人道："法师可一直进去，大约走五十步，便触着石洞东壁；再往后退十来步，向正东看去，便可看见佛影。但是有的人看见，有的人看不见，这要看你的缘法了。"玄奘听了，便依言前进。

洞中十分潮湿，愈进愈深，愈深愈黑，摸索走了五十步，果然触着东壁；再往后倒退十来步，整一整袈裟，虔诚礼拜，拜了一百多拜，向东看时，还是黑沉沉地，一无所见，心中懊恼，想道：莫非是自己罪孽深重？莫非是自己诚心未至？于是更至心礼拜，念着《胜鬘》等经，赞着诸佛偈颂，一面念着，一面礼拜；又拜了百余拜，看见东壁忽然现出佛光，有钵盂大小，但是一下子又不见了，心中悲喜，更礼拜不已。忽然又出现佛光，这一回有脸盆大小，一下又灭了。玄奘看了，益增加他的感慕，发誓道："我玄奘从东土到此，专诚拜佛，若不见世尊影，决不移动一步。"这样又拜了二百多拜，忽然一窟大明，在东壁间，仿佛看见了佛影，佛身和袈裟，都作赤黄色，自膝部以上，异常清楚；莲华宝座以下，稍觉模糊。在佛影左右及背后，又仿佛有菩萨圣僧等影，依次出现。

玄奘大喜，招呼门外六人把火进来烧香礼拜，可是火把才进得洞时，佛影忽然不见，急令灭火再拜，才又重现。六个人中，五个人得见，只有一人，竟一无所睹。这样约有一顿饭光景，玄奘焚香散花，礼拜已毕，佛影方才不见。于是恭敬辞出。同来的印度朋友，莫不欢喜，大家叹为未曾有过，都说不是法师一片至诚，哪得致此。

看官听说：这个传说中的佛影，是一种光学上的反光作用。这个石窟极深，而且有洞向着西岸，正对着一片瀑布，下面又临石涧，光线反射进去，当然可起照相上的暗箱作用。玄奘初进去时，什么都看不见；后来看见了影子，但火把进去一照又灭了，这是完全可以理解的。大概石窟里面所出现的佛影，便是洞中人的影子。这和中国峨眉山顶上所看见的"佛光"，以及佛光中所出现的影子（叫作"摄身光"），道理完全相同。可是玄奘是一个佛教信徒，他的相信佛，便等于现代人的相信真理，他的一片至诚，以及他追求他所信仰的真理的一番热诚，还是值得一提的。

玄奘从这里出发，辞别了众人，又赶上了他同行的旅伴，向东南走了五百多里，到健陀罗国。这健陀罗国，是印度佛教艺术的发源地之一，它混合希腊艺术和北印度艺术，产生了一种新的"健陀罗作风"。自古以来，这里都是小乘派"一切有部"的势力范围。这国又是北印度的一个大国，东西一千多里，南北八百多里，东面临着印度河。都城叫作布路沙布逻（现在巴基斯坦白沙瓦城，或译作北夏华城，即"丈夫城"之意，乃古代东西文化接触的要地），本是一座著名的大城，自从哄哒入侵，屡经兵燹，所以玄奘去的时候，已经比较衰落，城里荒地很多，居民也比较稀少，只有宫城一带，还有一千余户。这城原是佛教圣地之一，古来许多大师，如那罗延天、无著菩萨、世亲菩萨、法救、如意、胁尊者，都是出于本地。城外东南八九里，有一棵宝树，叫作"毕钵罗树"，高有一百来尺。据佛教传说，过去四佛，并坐其下，所以树下有四尊佛像。离宝树不远，又有一座浮图，是迦腻色迦王所造的，高四百尺；单是这座塔基，周围便有一里半，高一百五十尺。塔顶起金刚相轮二十五层，中藏如来舍利一斛。大浮图西南一百多步，有汉白玉佛像，高一丈八尺，北面而立，完全是健陀罗作风，雕塑得极其生动。玄奘看见了这许多佛迹，巡礼赞拜，对于健陀罗作风的佛教造像，尤其感觉到很有兴趣。

欲知后事如何，且听下回分解。

第十一回　入石门贤王迎上宾
集王城名僧论大乘

话说玄奘法师从健陀罗国，继续向中印度前进。按照路程方向，他本来应该向着东南前进；可是玄奘是一位大旅行家，他西行之先，已经下了周游五印度的决心；同时他听说北印度有个迦湿弥罗国（现在克什米尔），是当时印度佛学中心之一，佛教遗迹也是不少，有心前往学习，所以决定先到北印度，然后再转到中印度和东印度去。

从健陀罗国向东北行，他先到乌仗那国［现在巴基斯坦共和国苏婆河（Svāt 河）流域 Mankial 城］。这国从前佛教极为发达，有伽蓝一千四百所，僧徒一万八千余人，可是玄奘去的时候，佛教已经衰落，寺宇大半荒芜，僧徒也大大地减少。从这里东北二百五十里，又走进了深山狭谷地带。

玄奘所走的道路，是逆着苏婆河而上，到了它的发源地方，叫作阿波逻罗龙泉。这里天气寒冷，已经是初夏天气，山上积雪未消，到了晚上，更是雨雪霏霏，十分寒冷。从这里穿山越谷，更溯印度河而上，道路非常崎岖难行，但见山深谷杳，渺无人烟，有时渡过索桥，有时攀着铁链，经过了一些盘空栈道，渡过了一些飞桥绝壁。这样又走了数百里，才到了达丽罗川，便是乌仗那国的旧都，川中有一座大寺，寺有木刻弥勒佛装金造像，高有一百多尺，刻的非常生动，据说是末田底迦阿罗汉所造。玄奘看了，赞叹不已。

他一路前行，又经过了乌铎迦汉荼城（现在巴基斯坦共和国 Attock 北面的 Und，一说在 Ohind），南渡印度河。这里还是印度河的上游，河身并不很宽，约有三四里光景，水流清澈，可是异常湍急。据说河中有毒龙恶兽，假若有人拿着印度的奇宝名花，或带着佛教舍利子渡河的，船只往往便会覆没。大概这里已近亚热带，河谷气候炎热，河中或有鳄鱼，岸上或有大蟒一类动物，所以有这些神话产生。

玄奘渡过了印度河东岸，到了呾叉始罗国（即法显《佛国记》所谓竺刹尸罗国，现在巴基斯坦共和国 Rawalpindi 西北五十华里 Shahi-dheri 一带。《佛国记》云：竺刹尸罗，汉言截头也；佛为菩萨时，于此处以头施人，故因以为名）。这国都城北面十二三里，有一座大浮图，是阿育王所造，据神话传说，常常放着神光。这里有一个典型的佛教故事，说是释迦昔行菩萨道时，有一个大国国王，叫作月光王，他相信佛法，如来为他施一千个人头于

⊙ 印度母亲女神雕像。

此。——这当然是一个荒唐不经的宗教传说，可是这个故事，一见于法显《佛国记》，二见于玄奘《西域记》，流传非常之广，无非表示佛教舍身殉道的精神。

从呾叉始罗国北界再渡过印度河，向东南行二百多里，便到了大石门，是从前摩诃萨埵王子舍身饲饿鹰的地方。据说其地为王子血渍所染，至今还作斑斑的殷红色，血渍洒在草上，连草木也都作赤色。这是佛教故事中有名的地点之一，玄奘自然也前往巡礼。

玄奘再往前行，又向东南走进山道，走了五百多里，到乌剌尸国（现在印度克什米尔 Hazara 地方）；又向东南攀登高山，渡过了一座铁桥，沿着崎岖栈道，走了将近千里，到了迦湿弥罗国（现在印度克什米尔）。这迦湿弥罗，是北印度的一个大国，周围有七千多里，四面都是高山，山岭重叠，都是非常峻峭；只有几处关口，通到外边，真个是进可以攻，退可以守，所以自古以来，不曾被邻国侵入过。这个国王，在位日久，崇奉佛教，听说中国有一位高僧，将到本国，十分高兴，便遣御弟带了车马仪仗，到石门前来迎接。

石门是这国的西门（现在克什米尔西境 Muzaffanabad），形势非常险要。玄奘进了石门，溯着印度河的一条支流而上，但见千岩竞秀，万壑争流，有些地方栈道萦纡，有些地方古树参天；他一路走过了许多城镇，渡过了许多桥梁，心中想道："这个地方山清水秀，风景如此清幽，好像从前曾经到过的一处地方一般。"

⊙ 敦煌写经《因明入正理论后疏》（局部）。

他再三思索，才想起了小时候曾经到过的四川，和这里有点相像；只是这里的风景，更近于热带。这样一路行来，渐近王城（现在克什米尔地方色令那加）。玄奘先到福舍住下，国王带领群臣及一班僧众亲自前来迎接。玄奘出外看时，但见一队人马，渐渐来近，鼓乐喧天，十分热闹。国王高鼻深目，长着一部络腮大胡子，乘着大象，象背上驮着一座龙亭，左右大臣簇拥，后面随着羽林军一千多人，只见幢盖塞途，烟华满路。国王下象，和玄奘相见，亲致慰问，意思十分殷勤；又亲自用手为玄奘散花。遂请玄奘也乘一匹大象，随着国王进城。玄奘高坐象背之上，举目看时，城郭十分壮丽，到处都有佛寺。百姓万人空巷，扶老携幼，都来看中国西来高僧。但见满城士女盈衢，夹道而立，到处香烟氤氲，真像过节一般热闹。

玄奘进城之后，住在阇耶因陀罗寺。第二天，国王派人来请玄奘赴宴。玄奘起身进宫，有当地高僧数十人相陪。筵席十分丰盛。宴罢，国王便请一位年纪七十多岁的高僧先来开讲，并请玄奘和他论难。在讲坛上，一宾一主，对答如流。听讲的人无不钦佩。国王大喜，又念玄奘远道前来取经，但是至今还没有经本，遂特为他派了抄书手二十人，叫他们专门抄经；另外拨给五人，供玄奘使用，一切所用文书纸墨材料，概由公家供给。玄奘自此有了梵文经藏，孜孜钻研，学习不倦，这在日后中印文化交流上，起了很大的作用。

这七十多岁的老和尚，法名叫作僧称，确够得上一位佛学大师，他看重玄奘德行，把他当作上宾看待。玄奘也虚心请教，请他讲授各种佛经。但这老僧年逾七十，气力已衰，犹自勉力传授，立下课程表：每天上午讲《俱舍论》；下午讲《顺正理论》；初夜后讲《因明论》《声明论》，谆谆讲授，诲人不倦。这时国内学者，听说王城大开道场，无不毕集。玄奘格外用心听讲，聚精会神，细细加以领会。老僧欢喜叹赏，对众人说道："这位中国和尚年纪虽轻，聪明绝顶，学力很深，你们大家，没有人能赶他得上。照他这样聪明，道德又高尚，一定可以大扬佛法，可继世亲菩萨弟兄二人遗风，可惜他生在远国，不能早一点来到这里。"这时迦湿弥罗国有些大乘和尚，听了以后，心中不服，其中便有几位知名之士，想来诘难玄奘，过意挑些偏僻深奥的道理典故，有意要把他难倒；玄奘一一解答，应对如流，所有疑难的地方，都剖析得明明白白。众人这才悦服，从此中国高僧的名望，传遍了北印度。

玄奘在北印度，巡礼了五百罗汉的遗迹，看了迦腻色迦王用石函封记铜镍经文的大塔，在迦弥湿罗国前后一共停留了二年，潜心佛学，学习经典；在这二年中间，他的梵文大进，印度语言也能熟练应用，为他日后周游五印度和回国以后翻译佛经打下了基础。

南方的气候，没有什么寒暑，只有雨季干季。玄奘来北印度后，转瞬已历两年，遂离开此国，向西南行。攀山涉水，走了七百里，到了半笈蹉国（现在克什米尔西南 Punch），从这里又向东行四百多里，到了曷罗阇补罗国（现在克什米尔 Rejourl），在那里观光了一二日。

从这里再往东南，下山涉水，走了七百多里，这才走出了现在的克什米尔范围，到了磔迦国（现在印度与巴基斯坦两国北部旁遮普一带，一说在印度旁遮普省 Kangah Dagwan）。

欲知后事如何，且听下回分解。

第十二回　大森林法师被劫
众豪杰弃邪归正

话说玄奘法师出了克什米尔境界，到了磔迦国。这磔迦国，是北印度的一个大国，周围有一万多里，东面是拉微河，西面是印度河，便是现代印度西北部旁遮普省。这个地方在印度说来，是一个边区。因为靠近沙漠，所以气候干燥，暑热多风，佛教不大发达，佛寺非常之少。

玄奘一行到了阇耶补罗城，打算找一所佛寺投宿，但是找来找去，找不到一所佛寺。可是婆罗门教的天祠，倒有好几百所。玄奘没奈何，只好在"外道寺"投宿。这座外道寺在城西门外，有信徒二十多人，都信奉婆罗门教。他们看见玄奘来自远方的中国，都殷勤地接待他。又过了一天，进到奢羯罗城（现在巴基斯坦共和国旁遮普省），这是磔迦国的故都。玄奘去时，城垣已经崩坏，可是基址犹存，周围有三十多里，其中更有一座小城，周围不过六七里，看来是古代王城的遗址。城中居民，倒也十分富饶。这里有几所佛寺，僧徒一百多人，据说世亲菩萨，曾制《胜义谛论》于此。又有一座大浮图，高二百尺，据说是过去四佛说法的地方，还有过去四佛经行的遗迹。

出了那罗僧诃城，东面便是一片大森林，尽是一色波罗奢大树，一望郁郁苍苍，无边无际；还有些千年古藤，纠缠树枝，垂下些百丈长条。树上跳跃一些长臂猴子，不时牵着藤蔓，从这一棵树荡到那一棵树；林中有时还有些野象出没。玄奘一行在森林中走了好几里，还没有望见边际。忽然一声呼啸，林中跳出五十多个强盗，个个白布缠头，手中执着明晃晃的刀枪，把玄奘和同伴所带行李衣服，抢劫一空；为首的一个强盗，还叫把一行人都赶过一个枯池旁边，要一总加以杀害。众人哭哭啼啼，被赶得上天无路，入地无门。玄奘西行到此，已遇见好几次强盗，心中镇静，冷眼四顾，看见池旁尽是一些荆棘树丛，上面长满了藤萝。池水已枯，只剩得池底一洼死水。玄奘同来的一个小和尚，伏在地上，往荆棘丛中一望，见池那厢有一个水穴，可容一人匍匐而过，遂低低告诉玄奘。二人更不迟疑，也不管有无蛇虫虎豹，便偷偷从水穴中逃出，一口气飞跑了二三里。出了森林边缘，恰好遇着一个农夫，正在耕地，便告诉他遇盗的事情。农夫大惊，即刻解下耕牛，向村中吹起螺蛳。村人闻警，便打起鼓来，集合了八九十人，大家拿着兵器，一窝蜂往林中跑去。强盗们看见来的人多，纷纷逃入林间，一霎时散的无影无踪。玄奘便引众人，走

⊙ 梵天浮雕。梵天是印度教的创造之神，与毗湿奴、湿婆并称印度教三大主神。

近池边，把众客商一一解缚，并各安慰一番；又把剩下的衣服，分给众人，大家便向村中投宿。路上人人抱怨，个个悲泣。独有玄奘毫不在意，并无忧色。众人问道："出门行路，全靠盘缠，现在衣服抢光，盘缠俱尽，只剩得一个光身子，前途茫茫，如何是好？法师为何毫不在意？"玄奘答道："刚才我们被盗，形势十分险恶，连性命都难保，现在既然侥幸留得了性命，还请大家宽心。这些身外之物，不必介意，慢慢地再想办法吧！"大众听了稍为宽怀，一宿无话。

第二天一早，大众起身，走了半天，到了磔迦国东境一座大城，城西路北，有一座大庵罗林，众人想起昨天遇盗之事，走入林中时人人还都具有戒心。可是这树林中非常幽静，但见野草闲花，水流清澈。在林荫深处，结着一所草庵，里面住着一位长年婆罗门，据说已经一百多岁。玄奘到印度来，本为求法，凡是所经之地，他认为必要的，都停留下来考察、学习；凡是遇见有学问的人，他都虚心地向他们请教。这时他看见这位修道之士，便向前打个稽首，看时，不过三十来岁样子，他相貌魁梧，精神矍铄，谁也不相信他是上百岁的人。左右两位侍者，据说也各有一百多岁了。玄奘向他请教，知道这婆罗门老人学问高深，精通《吠陀》等经。老人闻说玄奘从东土前来取经，非常敬重；又听说他中途遇盗，衣服都被抢光，便立刻派了一位侍者，通知城中，为玄奘造饭，并预备住处。

原来这座城池，也有几千家住户，信佛的较少，婆罗门教徒较多。可是玄奘在迦湿弥罗国说法一事，已传遍远近，印度各地都已经知道这事。这位侍者进城，到处传告，说中国有一位高僧来到，在途中遇见了强盗，衣物都被抢劫一空，大家应该量力布施。这消息传到了强人耳中，有几位绿林豪杰首领，知道手下弟兄们误抢了中国的一位远道前来求法的高僧，心中十分歉然。豪杰们首重义气，听说玄奘来到城中，便集合了三百多人，每人各献棉布一匹，并且奉送饮食，恭恭敬敬，前来问讯，为玄奘压惊。玄奘高兴，感谢豪杰们的义气，并劝他们弃邪归正，自食其力。豪杰们听了十分感动，和玄奘谈了一会，各自散去。这壁厢玄奘便把三百多匹棉布，分给众客商伙伴，各人置了衣服数套，还用不完，各各拜谢，心中感激。玄奘还在磔迦国停留了一月，向龙猛的弟子长年论师请教《经百论》《广百论》，虚心向他学习。

　　欲知后事如何，且听下回分解。

第十三回　越山渡水观光名都
　　　　　听经问道访师佛国

　　话说玄奘法师离了磔迦国，向东走了五百多里，到了至那仆底国（现在印度旁遮普省 Patte 地方）。提起这个国名，倒和中印文化交流有些关系。

　　"至那仆底"，印度话即是"中国城"。据说从前北印度有一位迦腻色迦王，武功极盛，令行西域各国。中国河西地方（甘肃凉州、肃州一带）有一个王国，特派一位王子常驻印度，作为外交使节。迦腻色迦王特为指定此城，作为中国王子冬天居住的地方，所以叫作中国城。据说印度本土，向来没有桃和梨，这位王子把桃、梨种子带到印度，亲手种了桃树和梨树，所以印度人把桃叫作"至那你"，梨叫作"至那罗阇弗呾逻"（意思是中国王子），来纪念这位王子，而且对于中国人非常敬爱。查迦腻色迦王和东汉光武帝同时，所谓河西地方有个王国，大约是指的窦融，当时中原

生空无漏彼皆菩薩此根攝故菩薩見道亦
有此根但說地前已時偵故始從見道最後
剎那乃至金剛喻定所有信等无漏九根皆
是已知根性未離欲者於上解脫求證愁感
亦有憂根非正善根故多不說諸无學位无
漏九根一切皆是具知根性有頂雖有遊觀
无漏而不明利非後三根二十二根自性如
是諸餘門義如論應知

成唯識論卷第七

群雄割据，窦融守住河西，中间隔着陇嚣，不能与汉相通，为了自卫起见，或者派王子联络印度，亦未可知。据印度历史记载：中国第一次派使节来到印度，是在公元64年，带来了极受欢迎的礼物——桃树和梨树——正是指的这件事情。中古时代中国和印度的外交关系，现在已经有许多茫昧难考。这个至那仆底国的历史，便是很足以耐人寻味的。

玄奘到了至那仆底国，住在突舍萨那寺，他便询问这国得名的来由，打听有什么中国王子的遗迹，但是因为年代久远，也调查不出来这个王子的究竟。这寺里有一位名僧，叫作调伏光，本是北印度一位王子，生得体格魁梧，相貌非凡，好学佛法，著有《五蕴论释》《唯识三十论释》，倒也独有见解。玄奘到处访求名师，因在这里住了十四个月，向调伏光细细学习《唯识论》，研究了《对法论》《显宗论》《理门论》等。从这里出发，又经过了阇烂达那国（现在北印度遮兰达城），从这国的名僧旃达罗伐摩学《众事分毗婆沙》。又经过屈露多国、设多图卢国（现在北印度 Kaithal），方才出了北印度，到了中印度境内。

这中印度，是释迦牟尼佛诞生和成道的地方，几乎到处都有佛迹。玄奘一路礼拜，心中十分虔诚。他到了秣菟罗国（现在印度联合省 Muttra），礼拜了释迦诸弟子的遗身浮图，这里有舍利子、没特伽罗子、满慈子、罗睺罗、文殊师利菩萨的浮图，都是佛教圣地，玄奘一一巡礼。

又东北行五百多里，到了萨他泥湿伐罗国（现在印度北部拉奇普地拿 Ghuggur 河流域，一说在 Sardhana 地方）。

又东行四百多里，到了禄勒那国（现在印度北部 Kairena 城）。这国北面背着大山，东面临着恒河（《西域记》译作殑伽河）。玄奘久闻恒河之名，知道是印度的一条圣水，这次到了恒河边上，便特意走到河岸上前去观光。但见浩浩荡荡，无边无际，细沙随流，波涛起伏。恒河多沙，所以佛经用"恒河沙"，形容无数之量。

玄奘现在亲到恒河边上，看着那悠悠的逝水，想起了故国的黄河。黄河孕育着中国的文化，恒河孕育着印度的文化。他这时心中感触万千，一方面眷恋着祖国，怀念着故乡；一方面对着这条孕育印度文化的大河，起着无限崇敬之感。这禄勒那国，也有一位高僧，名叫阇耶毱多善闲三藏，玄奘便在这里住了一冬半春，听他讲经部《毗婆沙》。

从此国渡河而东，到了秣底补罗国（现在中印度弥鲁特城）。这里也有佛寺十多所，僧徒八百多人，都学小乘佛法。玄奘到了这里向德光法师弟子蜜多斯那学有部《辨真论》。

又往北行五百多里，到东女国（现在西藏南面北印度坡里布希特城）。这东女国东西较长，南北较狭，在大雪山中间。据传说这国一向以女人为国王，男子不问政事，只知道征伐和耕种。因为另外有一个西女国，所以这国叫作东女国。

从这里他又回到中印度，经过了垩醯掣怛罗国（现在印度联合省 Chandausi 地方）、毗罗删拿国（现在联合省 Jalesar 城），到了劫比他国（即僧伽施，现在印度联合省 Samkisa）。城东二十多里，有一所著名的伽蓝院，院中有"三宝阶"，是佛教的圣迹之一。这"三宝阶"是一排并列的三阶，南北而列，面向东南：中间一排是"黄金阶"，左面一排是"水晶阶"，右面一排是"白银阶"。据佛教传说，古时释迦牟尼佛在"忉利天"上为佛母摩耶夫人说法罢，从善法堂起身，将诸天众蹑着从黄金阶而下；大梵天王执着白拂，从白银阶而下；天帝释持着宝盖，从水晶阶而下。这时诸天菩萨，都陪随而下，璎珞缤纷，香烟氤氲。这本是佛教故事中有名的一个神话。玄奘向当地人打听时，说是在数百年以前，还有三宝阶，后来逐渐沦没；现在虽有三排阶级，这是后王恋慕，仿照从前格式叠石重砌的，阶上饰以各色宝石，高有七十多尺。上面盖着一所精舍，正中供石佛像，左供帝释之像，右供梵王之像；三像后面，各有佛光，雕塑得极为生动。旁边有一根大石柱，高达七丈，作希腊神庙的瓜棱形石柱式，是阿育王所建。石柱旁边有一石基，长五十多步，高有七尺左右，据说是释迦佛从前经过的地方。

玄奘初次来到中印度，看见了这许多佛迹，又瞻仰了这样宏大伟丽的建筑，神韵生动的雕刻，从内心深处，生出一种崇敬之感。他觉得印度这一个国家，不但宗教思想十分发达；而且艺术建筑，也有辉煌的成就，愈引起他周游五印度的兴趣。

从这里起身，往西北行二百里，到了羯若鞠阇国。这是中印度的一个大国，当时是全印度的政治中心，也是文化中心。玄奘在这里大开道场，广会名僧。

欲知后事如何，且听下回分解。

第十四回　戒日王统治五印度
曲女城遍建众伽蓝

话说那羯若鞠阇国，是中印度的一个大国，都城叫作曲女城（即《法显传》的罽饶夷，今印度联合省克诺吉 Kanauj 城），是当时印度的一个政治中心，西面临着恒河，国势十分强盛。玄奘在印度的时候，正是曲女城的全盛时期，城中户口殷富，台榭栉比，园林相望，一般贵族第宅，都集中在这里。这一座大城，方圆二十多里，城垣十分坚固，玄奘进得城门，举目看时，但见浓荫夹道，好一座绿化的都市，城中的居民，十分殷富，不但服饰鲜艳，而且举止文雅。玄奘心下想道：这真不愧为印度的名都。在公元第七世纪时期，只有中国的长安、洛阳，可以与之相比。

那时统治五印度的，正是这国的一位名王，叫作尸罗阿迭多，汉译"戒日"，所以中国历史上称他为戒日王。他本是吠奢阶级人，姓喜增（梵文是曷利沙伐弹那），父王死后，长兄即位，仁慈爱民，一国称颂。这时东印度有一个羯罗拿苏伐剌那国（现在印度孟加拉省境内），国王叫作赏伽，忌他英明果断，又怕他国势强盛，设下一计，诱请他到国内，把他杀害。消息传来，举国悲悼，大臣等互相商议，共立戒日王。这时戒日王还很年轻，可是英明有为，他首先勉励国人，厉兵秣马，亲自操练，举兵东征，报了国仇家恨；接着躬亲国政，励精图治，把国内治理得井井有条，五印度诸侯，都受他节制。玄奘到的时候，戒日王适用兵在外，未及相见。玄奘一行，在一所佛寺内安置。

原来这座曲女城，佛教极为发达，因为戒日王信奉佛法，通令境内，不许杀生，并且大兴土木，广建佛寺，每五年开一次"无遮大会"，广事布施，凡是府库所积财宝，都拿来施给众生。后来玄奘也在此国参加"无遮大会"，集合五印度十八国王，大开道场，宣扬大乘，一连讲了一十八天，无人敢与论难，在中印文化交流史上，写下了光辉灿烂的一页。这是后话，暂且按下不表。

玄奘到了曲女城，住在跋达罗毗诃罗寺，一住便住了三月，从毗离耶犀那三藏研究佛法；有空的时候，便出来观光首都，巡礼佛迹。在曲女城西北，有一座浮图，高二百多尺；城东南六七里恒河南岸，又有一座浮图，也高二百多尺，都是阿育王所造。据说释迦牟尼佛曾在这两处说过法，所以阿育王建塔作为纪念。玄奘都前往巡礼，虔诚礼拜。

玄奘在曲女城住了一个时候，便又出去旅行。他从这里往东南走了六百多里，渡过了恒河向南，便到了阿逾陀国（现在印度

⊙ 佛陀画像。觉悟之前的佛陀坐在莲花形的禅座上。

联合省 Oudh 地方，不限于今 Ajodhya 一地）。这国周围有五千多里，也算得一个大国，但见禾稼丰盛，花果繁茂，气候温和，风俗也很淳厚。城中有寺一百多所，僧徒好几千人，兼学大小乘。其中有一所古寺，相传是世亲菩萨在此制大小乘论及为大众说法的地方。城西南五六里，又有一所古寺，是无著菩萨说法的地方，据佛教传说，这位菩萨夜升兜率天宫，向弥勒佛受《瑜伽师地论》《庄严大乘经论》《中边分别论》；到了白天，则又下凡为大众说法。这世亲菩萨和无著菩萨，是亲兄弟，对于宣扬大乘佛法，很有贡献，玄奘是继承了二人的学说系统，所以特别敬重他们。

玄奘离开了阿逾陀国后，和同伴八十多人，乘船东行，顺着恒河向阿耶穆佉国前进。

这恒河是印度第一大河，两岸多是亚热带丛林，异常繁茂；尤其在这一段河的两岸，都是阿输迦林，一望葱郁，非常幽深。这里面虎豹纵横，还不时有盗贼出没。玄奘坐的船顺流而下，走了一百多里，忽然一声锣响，两岸树林里面，各有十来条船，迎流鼓棹，飞驶而来。玄奘所坐的船上，大家慌作一团，有几个客商胆小，急得投河。众贼喝令停船，小船围住大船，有几个强盗便跳过船来，把大船开到岸边，命令所有旅客，集中在一处，不管男女老幼，都叫把衣服脱下，搜劫身上财宝。原来这一群强盗，一向信奉"突伽"天神，每年到了秋天，要物色一个相貌端正的人做牺牲品，杀了祭祀天神，以求保佑。当下群盗看见玄奘法师仪态端正，正合要求，心中高兴，互相商量道："现在秋祭时期快要过去，我们还不曾找到合适的人。这个和尚生得相貌端正，把他杀了祭神，岂不正好？"便不容分说，牵了玄奘，要拿他来做祭品。玄奘说道："你们一定要杀我祭祀天神，我也不敢推辞。只是我这番所以不远万里，跋涉千山万水，是要上灵山拜佛祖，求取佛经，流传东土。现在此愿尚未实现，你们便要杀害，恐怕不见得吉利。"船上同来的人，都同声替他哀告；也有人愿意以身替代，求免玄奘一死。可是强盗一概不听，其中有头目一人，便发下命令，就在树林中一片空地上，用水和土，筑起坛来，一面吹起法螺，一面牵玄奘上坛，跪在地下，祭祀天神，两人拔出刀来，望着玄奘脑后，举刀便砍。

欲知后事如何，且听下回分解。

第十五回　渡恒河玄奘瞻佛迹
筑精舍善施给孤独

　　话说玄奘被群盗牵上祭坛，跪在地下，二贼举起刀来，便要动手；玄奘神色镇定，毫无惧色。群盗见了，都非常惊异。玄奘自忖此番难免，遂对群盗说道："请你们稍等一等，不要逼我，使我得以安心祈祷，再听凭你们下手。"强盗们答应，玄奘乃专心静坐，一心祈祷，聚精会神，毫无杂念。

　　玄奘这样祈祷了一会，正在恍恍惚惚之际，忽然听见坛下群盗，发一声喊。霎那间，黑风四起，狂飙过处，拔木折树，飞沙走石，同时河流汹涌，船只漂没，不计其数。

　　这时群盗大惊，急忙问同伴道："这个和尚是从什么地方来的？他叫什么名字？"

　　同伴答道："这便是从东土中国远来求法的玄奘法师，你们一定要杀他，罪孽不小。只要看风波大起，定是天神震怒，还是赶

⊙ 给孤独园遗址。据说释迦牟尼曾在这里说法。

紧把他放了吧!"群盗大惧,大家齐来谢罪,动手放他。

这时玄奘还在恍恍惚惚,坛下众人的讲话,他并不曾觉得,直到有一盗用手去推他时,这才睁开眼来,问道:"时候到了吗?"

群盗回答道:"不敢加害老师,特来忏悔。"

玄奘受了他们的忏悔,对群盗说道:"凡人生为强盗,必然多所杀伤,未来当受无穷之苦。你们何苦以电光朝露之身,作下无穷之孽?"

群盗叩头谢罪道:"我们作孽多端,行为颠倒,作不应该作的事,走不应该走的路。今天有幸得遇老师,感动上天,得了这一番教诲。请从今日起,许我们放下屠刀,洗手归正,我们也是男子汉,可以耕得田,做得工,但愿老师替我们作个见证。"于是群盗互相劝告,把所有刀枪兵器,一概掷到河中,把所抢衣服财物,一概还给本主;并立刻拜玄奘为师,受了五戒。

一霎时果然风平浪静,天气开朗如初。群盗欢喜,礼拜辞别而去。同伴都十分惊叹,更相敬重,远近传闻,莫不赞叹。听见的人同声说道:若不是中国来的法师求法殷切,一片至诚,感动天地,如何能得这般结果?

玄奘脱离险境,又向东航行三百多里,渡过恒河,到阿耶穆佉国(现在印度联合省 Ayodhya 东南 Azengarh)。

又从此东南行七百多里,再渡恒河南和阎牟那河北,到钵罗耶伽国(现在印度联合省 Allapabad)。在城西南瞻博迦花林中,有一座浮图,也是阿育王所造,据说是释迦佛曾经降服外道的地方。旁边有伽蓝一所，则是提婆菩萨作《广百论》挫折小乘的地方。在大城东南两河交汇的地方，有好一片平地，周围十四五里，碧草如茵，中间有一座高台，自古以来，是诸王豪族散给布施的地方，叫作"大施场"，是印度历史上的一个有名的所在。现在戒日王即位以后，也照从前传统的办法，每五年积蓄财物，七十五天散给众人，上从僧侣，下至孤寡，无不布施。后来玄奘也在这里参加第六次无遮大施会，名垂印度史册。这是后话，暂且不提。

玄奘更向西南前行，走入大森林。这中印度一带，气候炎热，多热带丛林，里面虎豹纵横，野象出没。这一次玄奘一行，安然渡过。

又经过了憍赏弥国（古印度大国，其国都在印度联合省Kosam）、鞞索迦国（一说在Biswaan，在联合省克诺吉东北八十余里，一说在Oudh南约五六十里），到了室罗伐悉底国（现在印度联合省Balrampur北Sahetmahet村中，其国境在今Gogra与Gandak两河之间）。这国一名舍卫国，周围六千多里，是中印度的一个古国，胜军王曾建都于此。玄奘去的时候，城郭已经荒芜，不过城中还有居民。从前有伽蓝好几百所，现在大半已经荒废，僧徒十分寥落。婆罗门教所建的天祠（祀大自在天），倒有一百多所。城中有故宫遗址，这是当年与释迦同时的胜军王的宫殿；往东不远有一处古迹，上建一塔，是胜军王为释迦造大讲堂的地方。离开讲堂不远，又有一塔，是释迦姨母钵逻阇钵底的一所尼寺，也是胜军王所建的。次东又有一塔，则是善施长者的故宅；故宅旁边，有一座大塔，便是凶人指鬘弃邪归正的地方。

从这里往城南，便到了有名的"给孤独园"。这座给孤独园，驰名远近，是胜军王大臣善施为释迦佛建精舍的地方。释迦曾在这里住了二十五年，说法也很久，如《金刚经》《阿弥陀经》，都是在这里说的。这里从前是一座大寺，玄奘去时，已经荒废，但见东门左右，立有大石柱二根，各高七十多尺。左面一柱，上面镂着相轮；右面一柱，上面刻着石牛，都是阿育王所立，雕刻的十分精美。玄奘走进东门，抬头一看，但见殿宇荒圮，只剩故基，独有一所砖室，巍然独存，中间供着佛像。据说从前胜军王听说释迦佛升三十三天为母说法之后，心中异常思慕，听说出爱王曾刻有檀香佛像一尊，他就也造了此像。同时善施长者又为佛买了这园，并在园中造了一所精舍，因为他乐善好施，哀恤孤独，所以有"给孤独"之称；太子逝多，又捐了园中的树木。世尊告阿难道："园地，是善施所买；树木，是逝多所施。二人同心，合建了这所精舍。从今以往，应该叫它作逝多林、给孤独园。"这座给孤独园，名传远近，凡是佛教僧侣信徒，无人不晓。玄奘到了园中，不胜恋慕，巡礼了一番，又礼拜了附近许多佛迹，遂离开此园，向释迦牟尼诞生的地方——迦毗罗卫国出发。

欲知后事如何，且听下回分解。

第十六回　生老病死太子逾城
　　　　不生不灭我佛涅槃

　　话说玄奘法师离开了给孤独园，向东南而行，走了八百多里，到迦毗罗卫国（现在尼泊尔国南部白塔瓦尔州 Talai 地方），这是印度的一个古国，便是释迦牟尼诞生的地方。玄奘怀着十分崇敬的心情，走进了这座古城。可是自从释迦寂灭之后，到这时已一千五百多年；从前法显来时，这里已是人烟稀少，路上常有白象、狮子伤人；到玄奘来时，这一座古城，自然更显得荒凉了。

　　玄奘抬头一望，见古城城垣，已经颓毁，只有宫城尚在，周围十四五里，完全用砖建成，极为坚固。宫城之内，便是释迦牟尼父亲净饭王故宫遗址，正中有地基隆起，便是当年大殿所在，现在盖有一座精舍，玄奘进去看时，中间供着净饭王像。再往北去，又是一座殿基，则是释迦母后摩耶夫人的寝殿，上面也盖有一座精舍，中间供着摩耶夫人像。旁边不远，又有一所精舍，便是释迦诞生的地方（遗址在尼泊尔国南境 Rapti 河上游 Tanlinhua 村北约二华里），里面供着释迦降生之像。这个地方，是佛教六大圣地之一（另外五处：一是菩提树释迦成道的地方，二是鹿野苑释迦初转法轮的地方，三是给孤独园释迦常住的地方，四是灵鹫山释迦说教的地方，五是拘尸那揭罗城释迦涅槃的地方），都是释迦佛本生故事所从出的地方，也是后世佛教艺术的主要题材。玄奘看了，自然低回不已。

古城里面虽然十分荒凉，但释迦的遗迹传闻还是不少。宫城故基东北有一座塔，据说是阿私陀仙相太子的地方；在宫城的左右两面，则是太子同诸释种角力的地方。城门四门遗址还在，是太子当年驾车出巡的时候，看见老者、病者、死者，见人不能摆脱生、老、病、死之苦，因此悲哀回驾的地方。同来的一个印度朋友指着一处说道："这里就是太子骑马逾城出家逃跑的地方。"玄奘听了，点头赞叹。这座古城里的斑斑遗迹，引起了玄奘无限的思慕与依恋。

从古城又向东行五百多里，穿过一座大荒林，便到了蓝摩国（《法显传》作"蓝莫国"，现在尼泊尔南境，确址待考），这是中印度的一个小国，人口十分稀少。在故城东边，有一座砖塔，高一百多尺。据佛教神话中传说，在释迦涅槃以后，这一国国王，分得舍利归来，遂造了这一座塔，以后常放光明。再往东穿过一所大森林，走了一百多里，又看见了一座塔，也是阿育王所建。相传太子逾城出亡至此，决心出家为僧，他解下宝衣、卸下天冠

⊙ 摩耶夫人之梦浮雕。这件作品描绘了悉达多王子出生时的情景。

髻珠，把骑来的一匹白马，交给阐铎迦（他随从的名字），叫他带回去，报告净饭王知道，便是这个地方。另外太子剃发处，也盖有塔，作为纪念。

出了这座大森林，已经进入拘尸那揭罗国（现在 Gandak 河上游 Pannar 东北，印度、尼泊尔交界处 Kasia 地方），快到释迦涅槃的地方，是佛教六大圣地之一。这国古城还在，可是极为荒凉，城内东北角有一座塔，便是阿育王所建"准陀故宅"，宅中有一口井，井水还很清澈。从城向西北行三四里，渡过无胜河，去河边不远，便到了娑罗树林。娑罗树是热带的一种阔叶树，有点像槲树，可是树皮作青色，树叶作白色，异常光润可爱。娑罗树共有八株，长得一般高，树下便是释迦涅槃的地方。附近有一座大的精舍，里面塑着释迦涅槃之像，北首而卧。旁边又有一座大塔，高二百多尺，也是阿育王所造，又立有石柱，记释迦涅槃故事，可是不书年月。究竟释迦涅槃在哪一年，玄奘也考不清楚，有人说一千二百年，有人说一千五百年，有人说九百年多一点，未满一千年（按释迦入灭之年，现在一般考证是在公元前 949 年，去玄奘到印度之时——公元 633 年，为一千五百八十二年）。除了这座大塔以外，还有许多小塔，分别纪念"释迦坐金棺为母说法""出臂问阿难""现足示迦叶""香木焚身""八王分骨"等事迹。

再往前行，重入荒林中，又走了五百多里，到了婆罗疤斯国（就是法显所说的波罗奈城，现在印度联合省柏纳瑞斯 Benares）。

⊙ 鹿野苑佛教遗迹。据说是释迦牟尼初转法轮的地方。

这是中印度的一个大国，周围四千余里。都城长十余里，广五六里，西面临着恒河。城里房屋栉比，市况繁盛，居民比较殷富。可是这里的佛教，除了释迦寂灭前后一个短时期以外，一向不很发达，居民都奉婆罗门教。玄奘看见了大城中有天祠十二所，这些天祠盖的十分宏丽，大多是层台楼阁，雕石文木，里面供着"大自在天"，塑得十分威严，又是非常生动。这"大自在天"，即婆罗门教所奉世主，亦称"湿婆天"，直到现在为止，此地的印度庙宇，还是印度人民认为最神圣的地方，而流经城外这段恒河，也是印度人民所最崇拜的圣水。由此可见释迦的独选这个城市作为"初转法轮"的圣地，是很有深意存在着的。

玄奘离开了这个国家，渡过婆罗疣斯河，向东北行了十多里，便到了有名的"鹿野苑"（现在柏纳瑞斯北 Sarnath 地方），即释迦佛初转法轮的地方，也是佛教六大圣地之一。玄奘举目看时，但见台观连云，长廊四合，好一座整齐的寺院！里面有和尚一千五百人，都学小乘。大院内有一座精舍，高二百多尺，有石陛数层，每层数十级，上面是许多砖龛，都隐隐刻起黄金佛像。佛龛一座连着一座，密得如蜂房一般；在主要的一座佛龛中，有鍮石刻成的佛像，和释迦真身大小一般，作转着法轮的形状，刻的惟妙惟肖。精舍东南有一座石塔，是阿育王所建，高一百多尺。玄奘前来巡礼，看见塔基已经倾陷，塔身尚余百尺；前面有一根石柱，高七十多尺，石质含着玉润，闪闪发光。这里便是释迦初转法轮的地方。当二百几十年前法显来巡礼的时候，只有两所佛寺，玄奘来时已多到三十多所，规模比法显来时大的多了。

这里还有许多佛迹，玄奘一一参拜。南面有过去四佛经行处石刻，长五十余丈，高七尺，以青石叠成，上面刻有四佛经行之像。西面有释迦浴池，又有涤器池与洗衣池，池水很深，水色澄清皎洁，味又甘美，大旱不涸，久雨不溢。据神话传说：池内有神龙守护，所以永远保持这样清洁。

玄奘在鹿野苑徘徊凭吊了好久，最后离开了该地，顺着恒河东行，走了三百多里，到了战主国（现在印度联合省 Ganzipur 城）。

又从此转向东北，再渡恒河，走了一百四五十里，到了吠舍厘国（现在印度比哈尔省巴特拿北，Gandak 河东岸 Besarh 村，一说以 Pusa 为中心），都城已经荒废，里面人烟稀少，十分荒凉。又参拜了一些佛迹，便一心一意，朝着灵山前进。

欲知后事如何，且听下回分解。

第十七回　灵山缥缈佛迹难寻
祇园荒凉圣僧流泪

话说玄奘法师离开了吠舍厘国，南渡恒河，一路披星戴月，餐风宿露，早又到了摩揭陀国（现在印度比哈尔省巴特纳城一带）。提起这摩揭陀国，是中印度的一个大国，周围五千多里，文物昌盛，历史悠久，释迦寂灭后第一世纪，阿育王建都于此，所以佛迹十分众多。加以离灵山不远，但见空翠相映，灵光缥缈，玄奘望着西来巡礼的目的地，心中无限高兴。他想跋涉千山万水，现在好容易快到灵山圣地了。

进了国境，先到一座古城，佛经上叫作"华氏城"（又译作巴连弗邑），一名"香花宫城"（现在印度比哈尔省巴特纳城），因为王宫里面多花，所以有这个名称。从前阿育王的曾孙，自王舍城迁都来此。玄奘进入古城，一看好一座大城，周围七十多里，虽然因为年代久远，城垣已经荒颓，但还留有雉堞，可是王宫已经不见，只剩得故基了。

古时这城里有佛寺好几百所，现在只剩得两三所了。故宫北面有阿育王所立石柱，高数十尺，据说是阿育王从前作地狱的地方。玄奘在这里一住七天，到处巡礼圣迹，地狱南面有一座宝塔，是阿育王造八万四千座宝塔之一，中藏释迦佛舍利一升，据神话传说，常有神光。还有精舍一所，中间有释迦曾经踏过的石，石上有佛双足脚印，长一尺八寸，广六寸，两足下有千幅轮相，十指端有万字花纹。据佛教传说，这是释迦在将入涅槃以前，从吠舍厘国到此，走到河边，立在南岸大力石上，顾阿难尊者说道："这是我最后一次望金刚座和王舍城所留下的遗迹了。"玄奘礼拜了这些圣迹，便往"菩提树"出发。

那"菩提树"是释迦坐在下面成无上正觉的地方，也是佛教有名圣地之一（现在印度比哈尔省伽耶）。四面都有墙围着，墙垣颇高，东西较长，南北稍狭，正门向东，对着尼连禅河；南门接着大荷花池；西面带着一片山岭；北门通着一所大寺。这里面一带地方，圣迹连接不断，有许多精舍和宝塔，都是诸王大臣、豪富之家捐募施造。

正中便是有名的"金刚座"宝塔，何以叫作金刚座？是取它"坚固难坏，能沮万物"，可以永世长存的意思。玄奘久闻金刚座之名，可是他去的时候，金刚座已经不见；细细打听，才知道近一二百年来，来巡礼的人，都早已找不到金刚座。

可是菩提树还在，真是千年古树，愈老愈显得苍劲。玄奘走

⊙ 阿育王狮子柱头。阿育王（前 303 — 前 232 年），亦称无忧王。他以残忍手段夺得王位，又通过血腥的军事手段开疆拓土。后来，他皈依了佛教，依靠佛教治理庞大的帝国。

近树前看时，但见树高叶茂，枝干壮大，绿叶青润，经冬不凋。据说每年到了释迦涅槃那一天，树叶忽然脱落；但是经过一宵，又茂盛如初。每年到这一天，各国国王带了百官，共集树下，用乳来灌洗，然后燃灯散花，收叶而去。相传释迦在世的时候，树高到数百尺；后来频经恶王砍伐，现在只高五丈多了。这便是释迦坐在树下成正果的地方。玄奘到了树下，至诚巡礼，再拜叹道："我佛成正果的时候，我那时正不知漂沦何处；可惜生当季世，跋涉千山万水，方才到得圣地，业障一何深重！"一边说着，一边悲泪盈眶。当时远近来看的僧众数千人，无不被他感动，有的甚至流下眼泪。

玄奘在菩提树下停留了八九天，礼拜才得完毕。到了第十天，那烂陀寺的和尚，听说东土有高僧到此，差四位长老来迎。那烂陀寺（现在印度比哈尔省 Rajgir 北约二十余华里 Behar 附近）是中印度极有名的一所大寺，是印度当时的最高学府。得名的由来，有两种说法：第一种说法，因为这寺南面树林中有一大池，池中有龙，叫作"那烂陀"，建寺的时候，遂取以为名；第二种说法，是说那烂陀的本义，是"施无厌"的意思，据说从前有一位大国国王，建都于此，一生乐善好施，后人遂用来称呼这一个寺。

据说：释迦在世时，此地本是庵没罗园的故址，有五百商人以十亿金钱买来施佛，佛遂于此处说法三个月。到了释迦涅槃以后，有六代帝王因为敬重佛法，都在此建筑佛寺，前后一共建了八院，合为一座大寺。玄奘被引进山门，抬头一看，但见一重重

⊙ 那烂陀大学遗迹。玄奘曾在这里学习佛法。

殿宇，尽是崇楼杰阁，里面庭院深深，共分八院，每一院的僧室，都有四重重阁。庭院楼阁之间，种着羯尼花树，寺外围墙，绕着庵没罗林，点缀着青林绿水，种着一些莲花菡萏。但是这座寺院的建筑，还有它的特色，主要是用大石和砖建成，而不是中国式的木构建筑，虽然一般地十分壮丽，但不是雕梁画栋，而是瑶阶玉宇（晚近考古发掘，发现大建筑遗址十几座，所占面积很广，它的建筑多数是方形，制作十分宏敞，无论讲堂食堂，每处都可容千人以上）。玄奘去的时候，正是它的全盛时代，僧徒多到上万人，都学大乘佛法，兼习十八部，以及俗典、《吠陀》等书，因明、声明、医方、术数等学，莫不有人研究，是当年印度最大的一所学府。就中有一位戒贤法师，已有九十多岁，是继承无著、世亲学说的一位权威学者。他穷览一切法典，德高望重，是佛学界的领袖。寺内每天开讲讲座，有一百多所，学徒修习，整齐严肃。据说自从这寺建立以来，已经七百多年，从来未有一人犯过清规，所以国王十分钦重，舍百余邑来供养这寺。每天收进粳米、酥乳到几百石，使学人得以安心研究，学术遂异常发达。玄奘在中国的时候，早已听见戒贤法师的大名，这时拜见了戒贤法师，见他童颜白发，高鼻深目，一双炯炯的目光，含有无边的智慧，可是又是那末亲切，和爱。玄奘就在这寺里安置下来，日日谈经论道，不在话下。

这里离王舍城已经不远，玄奘住了几天，遂向王舍城前去巡礼。走过一处山口，两面山脊上都还存有城墙的遗址，显然这山口便是古代城门的所在地。从这里进去，便踏上了两千年前古印度有名的旧王舍城，是摩揭陀国的故都，亦名上茅宫城（梵名Kusagarapura，现在印度比哈尔省Behar西南约四十华里）。

这座古城，是在摩揭陀国的中心，上古历代君王都住在里面。这地方又生得一种好香茅，所以也叫作上茅宫城。它四面都是高山，山壁十分峻峭，西面通着一条小径，北面开着一座大门。整个城池看来，是东西长，南北狭，周围一百五十多里。大城里面，更有小城一所，现在只余城基，周围也有三十多里。这里羯尼迦树，处处成林，叶子如金色一般，映着斜阳，闪闪发光。花开花落，无人过问。玄奘走进宫城遗址看时，但见残砖败瓦，零落满地。

宫城北面，有浮图一所，是提婆达多和未生怨王放出护财醉象要害释迦的地方。再东北又有浮图一所，是舍利子听阿湿婆恃说法证果的地方。再往北不远，有一个大深坑，是室利毱多受外道邪言用火坑毒饭要害释迦的地方。大坑东北，当着山城曲口，又有浮图一所，是时缚迦大医为佛祖造说法堂的地方，离这里不远，还有时缚迦的故宅。玄奘看见城池荒凉，佛迹斑斑，心中感慨不已。

第二天一早，玄奘沐浴更衣，出了王舍城东门，径奔灵山大道。在半山中路旁有一塔基，红垣四绕，名叫"下乘"，相传频毗娑罗王来见释迦时，到此即下车徒步前进。走完了大路，山坡上又有一处小塔遗址，名叫"退凡"，是王到此以后简退一切凡夫俗子，专诚拜谒的地方。走了十四五里，才攀登东面的高峰，这便是最著名的灵鹫山（梵名 Gridhrakūta，亦译姞栗陀罗矩吒山，在旧王舍城址北门外，Sailageri 与 Ratnagiri 间的一座高山）。这座山孤标特起，好像是一座高台，四围群山环绕，但见空翠相映，浓淡分色，它远接着北山之阳，山顶栖着鹫鸟，所以叫作灵鹫山。

释迦御世将近五十年，大部分时间，都在这灵山顶上说法。峰顶由几块巨石聚结而成，在一块悬崖大石上面，还有精舍遗址。玄奘看见释迦等身的佛像，便整衣下拜。悬崖石缝里生着一棵大树，枝叶十分繁茂，树下建有一座石台，据说就是释迦当年讲《楞严经》与《法华经》的地方。玄奘到此，百感交集，他想起晋代名僧法显来时，请两位比丘送上此山，在佛前香花供养，燃灯续明，自恨生不及佛，流着眼泪在此诵《楞严经》，停宿一宵，依依不舍。玄奘一面想着，一面下拜。

欲知后事如何，且听下回分解。

第十八回　王舍城开讲瑜伽论
　　　　伊烂国途遇野象阵

　　话说玄奘法师登上了灵鹫山，站在释迦佛像前面，心中思潮起伏不已。他想灵山缥缈，佛迹难寻，自己冒了千辛万苦，跋涉千山万水，现在总算到达了目的地。宗教徒的信仰，和哲学家的思想，纠缠在一起。作为一个宗教徒，他是信仰释迦佛的。他想起了晋朝的法显，以七十多岁的高龄，渡过流沙，越过葱岭，来到这里，还在灵鹫山顶上，露宿一宵。这种无比的宗教热忱和对于事业坚持不懈的毅力，是值得后人学习的。

　　作为一个哲学家，他是醉心于佛教哲学的。他抬起头来，看了看释迦的塑像，只见他端坐在莲座之上，镇定与泰然自若，超乎七情六欲之上，世界上的风波与斗争都与他无关，他好像离现实世界很远，非人所能及，非人所能达。但是再细细一看，在他寂静不动的容貌后面，有一种热爱和情感，而这种热爱和情感，

⊙ 迦叶尊者雕像。佛陀十大弟子之一，又名大迦叶、摩诃迦叶、迦叶波、迦摄波，出于王舍城近郊婆罗门家族。佛陀入灭后，迦叶尊者于王舍城召集第一次经典结集。

比我们所知道的一切热爱和情感更不可思议而更有力量。他的眼睛低垂着，半开半闭，可是在他的眼光中，永远是含着无边的智慧，仿佛有一种精神的威力由眼中显露出来，生气勃勃的精力充满他的全身。岁月如流，而他好像毕竟离我们并不远；他以无边的智慧，启示我们不要逃避斗争，而要以大慈大悲的精神，去应付它，并且要"普渡众生"，"同登彼岸"。"伟大的人格，伟大的哲学啊！"

玄奘再回转身来一看，夏天的晴空，笼罩着整个原野，旧王舍城就在灵鹫山下，看得了如指掌；再远一点，广阔无边的恒河平原，展现在他的面前。"伟大的国家，伟大的人民啊！"

玄奘从灵鹫山下来，回到上茅宫城，在城里休息了一天，又出山城北门，去参观迦兰陀竹园（现在旧王舍城址北门外一里与新王舍城之间，在灵鹫山之西）。据说这个竹园园主，名叫迦兰陀，曾把这座竹园，施给释迦，并特为建立精舍，请他来住。释迦住在里面多年，制定了许多戒律，所以也是佛教圣地之一。

在竹园东面，有一所宝塔，相传是未生怨王所建。据说释迦涅槃之后，诸王共分舍利，未生怨王分得几颗，回来盖了这塔，供奉舍利。照神话的说法，塔上往往放光。

从竹园西南行五六里，在一座小山边上，别有一片竹林；林中有一间大室，据说是释迦寂灭以后，尊者摩诃迦叶波和五百大阿罗汉集会于此。在这个有名的集会中，阿难为大家诵读了一切经义（《素怛缆藏》）；优波离为大家诵读了一切戒律（《毗奈耶

◎ 佛陀鹿野苑初次说法和佛陀涅槃浮雕。佛陀去世以后，佛教得到进一步的传播。

藏》）；迦叶波为大家诵读了一切论议（《阿毗达磨藏》）；大家恭恭敬敬记录下来，写在贝叶之上。这是"三藏"的起源，也是佛经流传的开始。因为迦叶波是僧中上座，而参加的人又都是老年学者，所以这一派别遂叫作"上座部"，代表佛教中的保守派，但是他们却始终以正统派自居。

又从这里往西二十里，有一座大塔，是阿育王所建。据说当初如来寂灭之后，有几千青年僧侣信徒，因为没有能够参加迦叶波发起的集会，大家聚集于此，互相诉说道："当初世尊在世之日，我们大家同从一师，并无上下之分。现在世尊寂灭，他们便把我们排斥在外。他们能集结法藏，难道我们就不能集结法藏不成？"于是大家也集了《素怛缆藏》《毗奈耶藏》《阿毗达磨藏》《杂集藏》《禁咒藏》，别为"五藏"。这是"五藏"的起源。因为这个集会参加的人较多，而且僧俗都有，所以叫作"大众部"，代表佛教中的革新派。佛教自从释迦寂灭之后，遂开始分了家了。

玄奘从这里往东北行，走了三四里，便到了有名的王舍新城（现在印度比哈尔省 Rajgir 地方，在 Behar 西南，旧王舍城址之北）。这王舍城名气很大，是印度名王阿育王的旧都。玄奘到得王舍城时，举目一望，但见外郭已坏，可是内城还在，十分高峻，周围大约有二十多里，每一面都开有一门。

关于这座城的起源，有一段有趣的故事：当初释迦在世的时候，这国有位国王，叫作频毗娑罗王，他本来建都在上茅宫城。这座城池百姓稠密，房屋栉比，屡次发生火灾。于是国王下了严令，凡有不小心火烛者，罚他搬到寒林去居住。这寒林是当年国人弃尸的地方，十分荒凉不堪。但是过了不久，王宫本身忽然失火。国王自己责备自己说道："我是一国之主，定下法令，现在自己犯法，若不遵照法令，何以服众？"于是叫太子留守，自己率了眷属，搬到寒林去住。这时吠舍厘王听说他野居在外，要发兵来袭，被百姓发觉，报告国王，于是连夜修筑城郭。因为国王早已结屋于此，所以叫作"王舍城"。后来新王即位，即便建都于此。到了阿育王的曾孙时代，以王舍城为旧都，拿来施给婆罗门教，自己则迁都到"香花宫城"。所以玄奘去的时候，城中还多婆罗门教徒，有一千多家。玄奘对婆罗门教不感觉什么兴趣，略为参观一下，即回到那烂陀寺。

这座那烂陀寺，自从建立以来，已有七百多年的历史了。当法显来的时候，这座寺还不很著名；到公元415—590年，前后八十年间，经过笈多王朝帝日、觉护等六王陆续修建，规模逐渐宏大，才逐渐成为佛教的中心，而成为印度的最高学府。这里面有许多精通各项学术的学者，藏有不少大小乘经典、《吠陀》颂赞（婆罗门教最古的经典）以及医药、天文、地理、技艺等书籍。方丈戒贤法师，已经九十多岁了，他的学问道德为全国所景仰，大家尊称他为"正法藏"，而不直接叫他的名字。他继承了弥勒、无著、世亲、护法诸大师的学说，对《瑜伽》《唯识》《声明》《因明》等学理都有精深的研究，是当时印度的佛学权威。

在这所当时印度的最高学府里，玄奘住了下来，展开了他的中印文化交流工作。他请戒贤法师开讲《瑜伽论》，这大乘佛法，是他到印度来探求的最后目标。戒贤法师年高气衰，已有多年不曾开讲了，见玄奘不远万里，前来问道，心中高兴，特为玄奘开讲《瑜伽论》，历十五个月才得讲完。每次开讲时，远近赶来听讲的有好几千人。玄奘在这里前后住了五年，共听了《瑜伽论》三遍，《顺正理》一遍，《显扬》《对法》各一遍，《因明》《声明》《集量》等论各二遍，《中》《百》二论各三遍，对于佛家哲学，探微穷奥，融会贯通，可说是集其大成。寺中所有一切佛教经典，他无不遍览，加以悉心研究。此外他又学会了婆罗门教经典及印度梵书，追本探源，对于印度语言学方面，也下了一番功夫，为他日后翻译佛经打下了很好的基础。

但是玄奘是一个唯识论者，他见佛教哲学，博大精深，并不以自己已经学到的知识为满足。五年以后，他大约是四十三岁，又辞别了戒贤法师，想到各处去游学，并打算周游五印度。

他先顺恒河而东，向东印度出发，到了伊烂拏钵伐多国（现在印度比哈尔省 Monghya 区）。这个地方，已近孟加拉湾，天气炎热，雨量丰富，所以森林密茂，花果繁多，完全是热带景象。这里也有许多佛寺，僧徒四千多人，都学小乘佛法；也有两位高僧，一个叫作如来密，一个叫作师子忍。玄奘又在这里住了一年，就读《毗婆沙》《顺正理》等佛经。这国有一座小孤山，又有温泉六七所，也有一些佛迹，玄奘都亲自跑去巡礼一番。

从这里出发，往南偏东而行，经过了一座热带大森林。这森林都是阔叶大树，树上缠绕着一些老藤，往上望去，密密层层，都是树叶，看不见天日。树枝上跳跃着一些长臂猿，上下攀腾；又多豺豹黑豹，时常在林中出没，伤害人畜。最多的是野象，数百成群，高而且大。所以印度东部伊烂拏、钵伐多、瞻波等国，都有象军，国王每令象师，专门到森林中设法捕捉野象，调充象军乘用。行旅客商，经过这座森林的时候，都不免怀有戒心，单身客人更无人敢走。所以玄奘来时，也结伴而行。森林中气候蒸热，不时下着阵雨。一日正在林中行走，忽然看见前面有一大群野象，从道左穿过道右，硕大无比的身躯，好像一座座山峰似的，从森林中走过。大象后面，往往跟着一些小象，一边走着，一边游玩，不时用象鼻攀折树枝野果。同伴告诉玄奘，这叫野象阵，切不可惊动它们。大家鸦雀无声，有一顿饭时，方才走尽。玄奘一行，这才寻路前进。

　　欲知后事如何，且听下回分解。

第十九回　顺流而下遍游东天竺
遵海而南远求师子国

话说玄奘穿过了大森林，脱了野象阵之险，才进入了一片平野。又顺着恒河南岸向东行去，走了三百多里，到了瞻波国界。

话说这瞻波国，是东印度的一个大国，周围也有四千多里，都城北临恒河（现在印度比哈尔省 Bhagalpur，传说释迦曾游过这里）。这一带地方，土地卑湿，雨量丰富，所以禾稼十分茂盛，居民比较富足。据当地神话传说，在开辟之初，人类都穴居野处；后来有一位天女下凡，到恒河边上游玩，感灵有孕，生下四子，分王瞻部洲（即指的现在亚洲）。这四子各建国都，划分疆界，是哪四国？

一是瞻波国，在印度孟加拉湾内。

二是环王国，在越南南部，本来叫作林邑。

三是诃陵国，在今爪哇，又叫作阇婆。

四是骠国，在今缅甸，又叫作朱波。

这瞻波国，居赡部洲诸国之首，在东印度是一个大国。因为这里邻近印度支那半岛，所以在神话传说上都和印度支那半岛各国有了关系。玄奘观光一番，觉得这国风光浓郁，树木十分繁茂；城里面人烟稠密，居民殷富，和别国显然不同。

玄奘从瞻波国往东，又走了四百多里，到了羯朱嗢祇罗国（现在印度比哈尔省东境 Rajmahal 地方）。但见满目荒凉，城郭丘墟，玄奘打听一下，才知道这一国的国王，曾诱杀了戒日王的哥哥，所以两国构兵，结果这国战败，王族绝灭。因为新经战争，所以城郭变成丘墟。

玄奘无心停留，再往东行，渡过恒河，走了六百多里，到了奔那伐弹那国（现在巴基斯坦东孟加拉省 Rajshahit 山中 Panvalipur 地方）。这国周围四千多里，都城周围也有三十多里，城里面居民殷富，池馆相望，是东印度一个繁盛的处所。这里物产富饶，水果种类尤为繁多，有一种叫作"般橠娑果"，大如冬瓜，到了熟的时候，颜色黄赤；切开来看时，中间有几十个小果，大如鹤卵；再破开看时，里面都是黄赤色的果汁，味道异常甘美。玄奘问了当地人，说它或者生在树枝上面，或者结在树根上面，如茯苓一般。现在我们还没有能够考出来是一种什么水果。

从这里再往东行，走了九百多里，渡过布兰玛普拉河，到了迦摩缕波国。这国是印度极东的一个大国，已经到了现在阿萨密西境加尔拉斯城。从这里再往东去，便是我国云南边境，唐初的时候，还是洪荒未辟；都是一些大丛林，里面充斥毒蛇猛兽；况且一路上又多丛山峻岭，道路异常险阻。玄奘本来可以从这里经过云南、四川回到长安的，可是他细细一打听，知道不但道路险阻，要走两个月以上，而且还有瘴气，不易通过。玄奘的本意，是要周游五印度，多多研究印度的学术思想。所以他决定仍旧由南印度而西印度，绕道西域，再回中国。

玄奘从迦摩缕波国折回，又向南行一千二三百里，到了三摩怛吒国（现在巴基斯坦共和国东孟加拉省Dacca以南）。这国周围三千多里，都城周围也有二十多里，它南面靠着大海，地势十分卑湿。这里农作物极为发达，花木十分繁茂，完全是海洋气候。大概这国处在印度和缅甸之间，所以有缅甸玉佛。玄奘到了一座佛寺，看见有一尊青玉佛像，高有八尺，雕刻的十分慈祥和蔼，玉色闪闪发光。这明明是一尊缅制玉佛，说明这里离缅甸已经不远了。

从这里西行九百多里，到了耽摩栗底国（《法显传》称为多摩梨帝国，现在印度孟加拉省Tamluk，在Selai河与Hughli河合口之间，一说在Tarekeswar）。这国滨临大海，也有佛寺十多所，僧徒一千多人，都习小乘佛教；另外还有许多天祠，婆罗门教徒也是不少。玄奘到了这里，便出城到海边去瞭望。他第一次看见大海，看见那一望无边的印度洋。汹涌的波涛，激起了他心中的思潮。在大海的彼岸，有他可爱的祖国，有他可爱的故乡；他又看见了从祖国远越海洋销到印度来的手工艺品，他看见了精致的丝织品和越窑青瓷器，那美丽的图案，细腻的瓷釉，触动了他的乡思。他知道在二百多年前，法显来印度的时候，是从这里附船归国的。他离别祖国，已经将近十年了；来时自己不过三十四岁，现在已快四十四岁了。大凡一个人久在国外旅行，不触动乡思则已，一经触动了以后，是一发而不可制的。玄奘心中盘算着，是不是就在这里上船归国呢？

可是正在他打算回国的时候，他忽然听见说南海中有一个师子国，佛法极盛，这国有不少高僧，能通上座部三藏及解得《瑜伽论》的。玄奘心中想道：从前法显来印度的时候，也曾航海南行，到过师子国；现在我万里西来，为了求法，岂可不前去走一遭？主意已定，决定坐船前往。可是再一打听时，从海路前去，不但风波险恶，而且必须两三个月，才可到达。这时有一位从南印度来的和尚，也劝阻道："从这里往师子国，不一定要全走海路。大海中风浪险恶，程期无定。吾师不妨沿着海岸南行，从南印度东南角渡海，只消三天便到师子国。虽然也要登山涉水，但是比起航海来是安稳多了，还可以顺便看一看乌荼等国佛迹，岂不两便。"玄奘听了称谢，遂放下回国的念头，决意从陆路前往师子国。

从耽摩栗底国出发，向西南方向前进，第一先经过乌荼国（现在印度奥里萨省 Udra 地方）。这国周围七千多里，都城周围也有二十多里。这里土地肥沃，雨量丰富，气候又热，所以农作物十分发达，花果也特别繁盛。这里佛教和婆罗门教，都相当发达，有佛寺一百多所，僧徒一万多人，都学大乘佛法；另外更有婆罗门教的天祠，信徒也有几千人。都城内外，有宝塔十多座，十分庄严高大，据说都是阿育王所建。玄奘到了，一一巡礼。

从这里再向西南行，穿过一座极大的森林，走了一千二百多里，到恭御陀国（现在印度奥里萨省根遮木城）。这国滨临大海，土地卑湿，气候异常炎热。当地的居民，体格魁梧，皮肤黑色，但是这里佛教并不发达。

再往西南，又穿过了一座极大的荒林，尽是原始森林，一望巨木参天，干霄蔽日，里边野兽出没，完全是洪荒世界。玄奘又走了一千四五百里，到了羯餕伽国（现在印度哥达瓦利河中下游迤东，孟加拉湾西南沿岸一带，其国都在奥里萨省 Vizagapatam 一带）。这国已近南印度范围，气候更热，到处都是热带森林，动不动便长好几百里。森林中出一种青色野象，形体高大，是别的地方所看不到的。玄奘到了这里，挥汗如雨，同本地人谈话时，觉得说话音调，不但和北、中印度不同，便是和东印度也有区别。他意识到，这是又到了一个别的境界了。

欲知后事如何，且听下回分解。

第二十回　丛林连绵冒暑远征
风涛险恶望洋兴叹

　　话说玄奘法师为了要去师子国，沿着印度东岸，一路冒着溽暑，沿着海岸南行，从羯餕伽国，到了憍萨罗国（按，印度古国中，有两憍萨罗国，此系南憍萨罗，一名摩诃憍萨罗，在今印度中央省琛达城）。这国在羯餕伽国西北，四面山岭环绕，玄奘要往南去，本来不是顺路；只因这国国王，崇信佛法，国内佛教极盛，有寺院百余所，都学大乘佛法，所以玄奘特地绕道往游。他参拜了"龙猛""提婆"两位菩萨遗迹，又听说这里有一位婆罗门教徒，善解因明之学，遂停留了一个多月，专诚向他学习《集量论》。

　　从这里再往南行，穿过一座大森林，走了九百多里，到案达罗国（现在印度麻打拉萨省东北部基斯纳河下游 Bijapur 地方），这国周围三千多里，都城周围也有二十多里；西南有一座孤山，山上有一座石塔，是陈那菩萨著《因明论》的地方，玄奘也前往参拜。

从这国南行一千多里，到了驮那羯磔迦国（现在印度麻打拉萨省 Kistna 地方）。这国周围六千多里，本是南印度的一个大国，原来佛法极盛，可是近百年来，佛教却十分衰落。在印度许多国度里，佛教已出现由盛而衰的契机，这里特别明显。玄奘去时，看见大大小小佛寺，一所挨着一所，可是多半已经残破，剩下来的仅有二十多所，僧人都习大乘佛法。都城附近，有东西二山，山上都有石窟大庙，都是这国从前的劳动人民建立的，真个是大厦连云，石窟幽深，依山临泉，建筑得非常壮丽。从前僧徒极盛，可是近百年来，据说出了妖怪，居民迷信，无人敢去，所以一层层楼阁殿宇，一个个石窟佛洞，完全荒废，没有一个人影。

玄奘听说有这等事，心想既有佛迹，不可不去，决定前往参拜，别人劝阻不听，便独自前往。他先起身往西山，走了十几里，到得山前，举目看时，果然好一座大庙，但见飞阁流丹，宝刹连云，叫了叫山门，没有人答应，便推门进去。里面是天王殿，佛龛前都结满了蜘蛛网，供桌上堆满了灰尘，烛台倒了一座，也没有人管。再进大殿时，里面黑黝黝的，玄奘定睛细看，这才看见宝幔之后，供着过去、现在、未来三尊佛像，金身高大，法相庄严。玄奘整一整袈裟，急忙下拜，拜了三拜起来，四顾没有一人，心中异常悲凉，把佛前供桌，拂拭干净，又向殿前殿后走了一遍，才往后面走进去。这寺依着山势，愈往后愈高，玄奘拾级上去，

⊙ 狮子岩。公元五世纪时由僧伽罗族国王所建。

但见长廊四合，好一座大院，因为年久失修，有些屋宇已经残破。他叫了一声，依然静荡荡的，没有回应。只好壮着胆，再往后面走进，走过了好几重院落，登上了一座高楼，推门进去时，只听见呼的一声，把玄奘吓了一跳，但见一头黄狸，从他脚下跑过，夺门而出。玄奘定了一定神，细看楼上，原来是一座藏经楼，堆着一些贝叶梵文佛经，上面灰尘积有寸许，有的已经霉坏，翻开看时，正是《毗奈耶藏》佛经。玄奘看了，嗟叹不已。巡礼了一会，才慢慢归去。

第二天，玄奘再往东山巡礼。这座山壁里，尽是石窟，里面刻有无数佛像。玄奘走到面前，仰面看时，但见一排排石柱，上面刻有精致的浮雕，走进去看时，里面十分深广，黑黝黝的，看不见什么东西。玄奘这时满怀虔诚，宗教的信仰，胜过恐惧的心理，他并不害怕，一步步摸索走了进去。走到了一处尽头，在暗中细细看时，是一尊菩萨的立像；再回转身来，又摸索前行，愈走愈深，但听见空中蝙蝠展翅飞翔。玄奘打石取火，借火把的光看时，里面影影绰绰，有无数佛像，最后走到一座佛龛前面，但见坐着一尊高大的佛像，雕刻的璎珞遍体，异常生动。在火把飘动不定的光焰之下，照的这些佛像个个宛如活转来一般。

玄奘见了不胜感动，拜倒在地下。他感觉到自己如在无穷无尽的沙漠里一般，发现自己是十分孤单；又好像是在沙漠里发现了绿洲，觉得自己跋涉千山万水，为求佛法，总算寻到了佛迹。可是就在西天佛国，佛法也逐渐衰落了，他感到了盛极而衰的契机，心中悲凉不已。

在这个国度里，玄奘又遇到了两位名僧，一位叫作苏部底，一位叫作苏利耶，二人都善解大众部三藏。玄奘就在这里住了几个月，向他们请教大众部根本《阿毗达磨》等论。二人也知道玄奘精通大乘，也向他虚心请教，互相谈得志同道合，听说玄奘要到师子国去，遂决定一同前往巡礼。

从这里南行，又经过了珠利耶国（现在印度麻打拉萨省 Pannār 河口以南 Coromandel 和 Chirala 一带），穿过了大森林，走了一千五六百里，到达罗毗荼国（现在印度麻打拉萨市以南，Negapatam 及 Tivapati 一带）。

这达罗毗荼，是南印度大国，周围六千多里，都城叫作建志补罗（现在印度麻打拉萨以南 Conjevaram 地方），周围三十多里。这国土地肥沃，气候十分炎热，农作物发达，花果也很繁盛。这里又是达摩波罗（华言"护法"）降生的地方，佛教极为发达，有僧徒一万多人，都学习上座部。从这里往南不远，便是印度南海口，渡海只要三天，便可到师子国。

玄奘和苏部底、苏利耶二人，到了海口，正要渡海前往，忽然遇见一群僧人，有三百多人，恰好从师子国渡海前来，要到中印度去。玄奘和他们相见罢，问道："弟子从中国来，听说贵国有名僧大德，解得上座部三藏及《瑜伽论》，正要前去请教。师等因何而来？"

众僧答道："我国国王已死，国内不幸发生战乱饥荒，我等没

⊙ 今斯里兰卡丹布拉石窟寺旁的菩提树。传说佛祖顿悟的那棵菩提树遭到劫难，它的分枝被移植到这里。

有办法，只好暂时离开本土。听说赡部洲丰乐太平，是我佛如来本生之地，又多佛迹，所以前往投奔。"

玄奘听了，大失所望。这时众僧中间，有两位高僧，一位叫作觉自在云，一位叫作无畏牙，向前说道："法师前去，是为的求佛法，这样不远万里，虔心寻求正法，我们十分钦佩。现在师子国知法的人，大多在这里，法师如有疑义，可随意相问，我们但有所知，一定悉心解答。不必再渡海前往跋涉了。"玄奘听了，遂同他们住下，天天和二人谈论《瑜伽论》大旨，互相反复研讨，也不能越出戒贤法师所说的范围。于是玄奘遂打消了往师子国的念头。

玄奘谈论佛经有暇，便向二人动问师子国情形。原来这师子国又名僧伽罗国，便是现在的锡兰国，在法显的《佛国记》中，玄奘是早已读到了这个国名了。

关于这个国家的起源，有一个神话：据说古时南印度有个国王，遣自己的公主远嫁邻国，半路上遇着一头狮子。这时护送的人，都怕狮子，纷纷逃散，只剩下公主一人，独坐车中。狮子来时，并不伤害她，把她背到深山里去，天天采果供养，日久生男育女，虽然也具人形，但是性子凶暴。

男孩渐渐长大，懂得事理，问他母亲道："我算个什么呢？父亲是兽类，母亲又是人类。"

公主含了眼泪，告诉他经过情形。儿子说道："既是人畜有别，为什么我们不离开他，还要在一起做甚？"

⊙ 丹布拉石窟寺内壁画。丹布拉石窟位于今斯里兰卡，至今仍是佛教徒的朝圣之地。

公主道："并不是我没有此心，只是无法离开这里。"

儿子听说，默默无言，记在心里，从这天起，天天跟着父亲狮子，登山越谷，留心经过道路。有一天他看见父亲已经去得远了，遂携同母亲妹妹，下山到了人间，回到本国，访问外家，打听之下，知道公主娘家宗嗣已绝，只好寄居村间。狮子回来，不见了妻子儿女，大怒下山，咆哮不已，往来行人，都被它所害。百姓启奏新的国王，国王派将官一人，率领士兵，围住了狮子，正要射杀它，忽然狮子狂吼起来，人马都倒，无人敢前。这样一连好几天，毫无办法。国王不得已，只好再悬赏招募勇士，如有能杀得狮子的，赏赐万金。

这时儿子听了，告诉他母亲道："听说国王悬赏招募勇士，我们这一向忍饥耐寒，长此下去，如何是了。我想去应募如何？"

母亲道："不可。它虽是兽类，究竟还是你的父亲，你若杀了它，还算得个人么？"

儿子道："要不杀了它，它会伤害更多的人。万一它闯进村子里来，找到了我们，国王知道，我们还是一死。因为狮子行凶，只是为了娘及我和妹妹，岂可为了它而伤害多人？我再三想来想去，不如前去应募。"说了就走。

狮子见他前来，摇头摆尾，非常欢喜，驯伏贴地，并无相害之意。儿子遂用一把尖刀，把它的喉腹破开，血流满地；狮子忍痛不动，仍旧慈爱情深，最后气绝而死。

国王听见欢喜，叫他前去，问他狮子不肯加害的缘故。最初他不肯实言，再三追问，方才吐出真情。国王听了，点头叹息道："要不是畜生生的，谁能下得这一手？但我有言在先，决不失信。不过你杀了父亲，是大逆不道，不便再叫你住在国内。也罢，我自有安排。"国王说过，叫臣下预备了两条船，多装金银粮食，把他们母子三人，送到海中，随他们漂流所之。儿子所坐的一条船，便到了僧伽罗国，见岛上物产丰富，即便住下。后来有商船携了家眷前往采取宝石，他便杀了商人，留下了妇女，以后生男育女，经过了无数代，岛上人口渐多，自成一国，这便是师子国的起源。

至于女儿所坐的船，被一阵海风，吹到了波剌斯国西边的一个海岛，为当地人所得，生了许多女儿，这是西女国的起源。这一切自然都是神话，在许多原始社会中，也有类似的传说，玄奘采了回来，编入《大唐西域记》，所以应该在此提它一提。

欲知后事如何，且听下回分解。

第二十一回　阿旃陀玄奘拜石窟
　　　　　摩腊婆名王修文治

　　话说玄奘本要渡海往师子国，听见说师子国内发生饥荒，又起了内乱，只好放下前往巡礼的念头，同了师子国来的和尚七十多人，从南印度绕道西印度，想回到中印度。他们一路巡礼佛寺，走了二千多里，到了恭建那补罗国（现在印度孟买省与果阿东北一带 Kistna 河上游，以 Kolhapur 为中心）。这国周围五千多里，都城周围也有三十多里，佛法极盛，有佛寺一百多所，僧徒一万多人，兼学大小乘；另外婆罗门教的天祠，也是不少。宫城旁边有一所大寺，有僧徒三百多人，大多学问渊博；寺中有一所精舍，中间供着义成太子的宝冠，高近二尺，用一只宝函装着，每到佛教节日，便请出来放在高台上面供奉，来礼拜的人极多。城北有一座多罗树林，周围有三十多里，树的叶子很长，而且色彩光润，印度各地，都用来抄写佛经，据说最为名贵。

从这里向西北，又穿过一座大森林，里面虎豹纵横，野象出没，走了好几百里，都看不见人烟。玄奘一行七十多人。手中各持防身武器，前呼后应，鱼贯而行。这样走了二千四百多里，才到摩诃剌陀国（现在印度孟买省东部 Nasik 一带），这国周围六千多里，好勇尚武，是南印度第一个强国。国王是属于刹帝利阶级，手下有一枝大军，拥有四个兵种：一是象军，二是马军，三是炮兵，四是步兵；兵马整齐，号令严明，打仗的时候，追奔逐北，所向无敌。据说假如军队战败，也不加什么刑罚，但赐以女人衣服，叫他们羞惭自裁。这里的人崇尚义气，恩怨分明。国王养了死士数千人，暴象数千匹，每次临阵对敌，又预先叫他们喝酒，到了半醉的时候，然后麾旗冲锋，所以奋勇难当。但是这国也就因此骄傲，不把邻国放在眼里。戒日王自以为雄才大略，兵马强盛，屡次亲自带兵征伐，也不能取胜。玄奘到了这国，见当地人体格魁梧，性情豪爽，和以前所历各国，迥然不同。这国也有伽蓝一百多所，僧徒五千多人，兼学大小乘。另外也有婆罗门教的天祠，教徒是属于"涂灰"一派。大城内外，有宝塔五座，都高数百尺，据说是过去四佛所游之迹，传说也是阿育王所造，玄奘一一前往巡礼。

从这里向西北行，走了一千多里，渡过了耐秣陀河，到了跋禄羯呫婆国（现在印度孟买湾东北 Broach 城）。这国周围二千四五百里，西面滨海，居民煮盐为业，这里土地咸卤，草木稀疏，气候十分干燥，又多热风。

从这里西北行二千多里，到了摩腊婆国（现在印度孟买省Cutch 湾以东 Morvi 地方，一说在中央印度 Malwa 地区）。这国周围六千多里，都城周围也有三十多里，据莫诃河东南，土地比较肥沃，农作物相当发达，而且宜种宿麦，所以人民多吃面食。这里风俗柔顺，文风极盛，在五印度中间，只有东北的摩揭陀国，西南的摩腊婆国，学术思想，最为发达。这国有伽蓝一百多所，僧徒二万多人，都学小乘正量部教；此外也有婆罗门教的天祠。据百姓传说，这国六十年前，出了一位名王，也叫戒日王，崇敬三宝，仁慈爱民，从他即位之时起，到他去世之日止，从来没有厉言疾色。他一生力戒杀生，甚至每次马象饮水，都叫把水汲起来再饮，生怕有伤水族性命。他在位五十多年，境内太平无事，正是借了宗教的力量，来统治他的臣民。于是大兴土木，广造寺院，招徕僧徒，召开无遮大会。玄奘去时，正值国王死后不久，据说百姓思慕不止。玄奘看见此国佛法昌盛，心中高兴，到处观光巡礼，点头赞叹。

从这里向东北行，他到了印度佛教艺术的圣地——阿旃陀石窟（现在印度德干高原海德拉巴省，离孟买四百八十三公里）。原来阿旃陀石窟是印度最古的石窟之一，它的修建，应该追溯到公元前二世纪阿育王亲自提倡下的印度佛教全盛时期。自从释迦牟尼寂灭二百年后，一些受了佛弟子说法影响而皈依佛法的高僧，为了拜佛和研究佛经，组织了"圣伽"的结集。他们要选择一个远离世俗的山林深处作为结集的场所；最后终于在孟买东北四百八十三公里德干高原的大彼帝河畔找到一处幽静的地方，并把这个地方命名为阿旃陀，含有"世外桃源"的意思。于是开始在悬岩峭壁上，用人工开凿了最早的一个石窟，这就是现在编号的第十窟，高五十七公尺，宽五十一公尺，深达一百二十公尺的大神殿。自从这座大神殿建成之后，声名远播，远近来山朝拜的僧侣络绎不绝。此后数百年间，历代王朝，踵事增华，又在不同的时期陆续开凿石窟。到玄奘在公元 638 年来到阿旃陀的时候为止，一共开凿了二十九个石窟。

玄奘一路访问到此，看见幽谷悬崖，风景十分清雅；下面有一条小溪，淙淙流过。在一座新月形山峰之下，有许多悬崖峭壁，其间石窟密如蜂房。

他从河边进了山门，经过了门前的两只石雕大象，走上了一道石级。他先到第十窟，但见正面雕琢着一座华丽的大门，门顶开有明窗，进去是一排壮丽的石柱。里面光线十分幽暗，过了半天，他才看见墙上绘着许多壁画。在一幅巨画上，叙述着《六牙象本生经》里的一段故事：描写佛的前生六牙白象王如何被猎人射杀，以及婆罗疤斯国的王妃看到猎人送来的六支象牙时悔恨而死的凄婉情况。人物和动物的形象都表现得朴素有力。另一幅壁画，绘着国王、王妃和侍从的行列，人物衣褶，绘得非常生动。玄奘再往里走进去，愈走愈深，光线也就愈黑，最里面是一座"窣堵波"，就是藏佛舍利的塔。抬头看时，窟顶作卷式，并且按照木构建筑的样式，雕出梁架和椽子。

玄奘又看了第二窟，壁画上绘着一位印度女郎，身体倚着石柱，屈起一条左腿，足底抵在柱上，手里执着一朵花，花瓣儿纷纷落在地上，她的双眼若有所思地下注着。这是佛诞生的一幅壁画，绘的是一位公主。他又看了许多石窟中关于《佛本行集经》的许多故事壁画，从摩耶夫人受胎起一直到佛成正果止，壁画虽然有些残坏，但仍然可以看出情节是描写得生动而真实，画家们现实主义的表现手法，描绘出宗教徒的真诚的感情，人物栩栩如生，虽是宗教故事，也充满了人间的情味。玄奘被那种清新、活泼和亲切的神态所吸引，印度绘画的优美艺术，使他受了极大的感动。

玄奘瞻拜了佛殿之后，又参观了许多"精舍"，这些"精舍"，也是一个个石窟，是从前多少年来僧侣修道和起居的地方。前面都是列柱长廊，包括入门和窗洞；里面正中就是近乎正方形的道场，四周列柱游廊，正面就石崖雕成大佛像一龛。向里的石壁上凿开了几排狭小的门洞，每个门各通一间幽黑的寮房，其中的卧榻和枕头，都是从山崖雕凿出来的。窟顶是"平棋"式，也还是模仿木构建筑的木方格，承托着天花板的形式。

玄奘去的时候，印度的佛教已是由盛而衰，里面的精舍多半已经荒废，有少数的石窟没有完成就停工了。他徘徊在长廊列柱之间，缅怀着当年遁世修行、远离红尘的印度僧侣们，心中起着无限向往之情。

玄奘怀着留恋和惋惜的心情，离开了阿旃陀石窟。但是这个石窟对于他的印象极深，历久不能磨灭。从第八世纪起，随着印度佛教的衰败，这个石窟渐渐无人过问；经过千余年的荒凉冷落，直到 1819 年英帝国殖民统治的官员意外的发现时，这些石窟已埋没在荒烟蔓草之中，有些石洞甚至沦为虎穴和蛇窟。考古学家根据玄奘《大唐西域记》（卷十一）的记载加以考定，才知道这就是有名的阿旃陀石窟。

玄奘由摩腊婆国往北，又经过了阿吒厘国（现巴基斯坦共和国境内，在印度河中游北纬二十七度附近，以 Lakhpat 为中心）、契吒国（现在印度孟买地区，Kotae 地方），最后到了伐腊毗国（现在印度孟买省 Varawah 地方）。据说释迦在世的时候，屡次来游此国，阿育王为了纪念释迦，随他所到的地方，都盖有宝塔，作为表记。国王是属于刹帝利阶级，便是羯若鞠阇国戒日王的女婿，性情急躁，举止粗鲁，可是敬奉三宝，尊重学者。他每年举行大会七天，礼聘各国名僧，前来说法讲经，最后广施财物，因此佛教极为发达。

玄奘从这里向西北行，又经过了许多国家（阿难陀补罗国、苏剌侘国、瞿折罗国、邬阇衍那国、掷枳陀国、摩醯湿伐罗补罗国），到了印度西北角。又北经过荒野大碛，到了信度国（现在巴基斯坦共和国信地）。

这时玄奘已经恰恰绕了五印度一周，访问了印度各大名都和人物，实现了他周游五印度的志愿。本来游学印度的愿望已经达到，但是他一心念着王舍城和那烂陀寺，更想念着戒贤法师，还不打算回祖国去。

欲知后事如何，且听下回分解。

第二十二回　故国山河时萦梦寐
大士慈悲指示归途

　　话说玄奘法师从南印度转至西印度，到了信度国，已经绕行五印度一周。可是他还想多游览一些国度，多学习一些印度文化，因此又向西行，渡过了印度河，先到阿点婆翅罗国（现在巴基斯坦共和国首都喀喇蚩城，传说释迦曾游其地）。这国临着印度河，滨着海口，是一个通商口岸，波斯和阿拉伯的商船，都到这里来做生意，所以国外贸易比较发达，港口屋宇栉比，商业十分繁盛。这里气候已经较寒，北风劲烈，灰沙蔽天，居民多养牛羊驼马，已经有点北方情调。

　　从这里西行二千多里，又到了狼揭罗国，这国便是现在巴基斯坦共和国俾路芝南部沿海一带，玄奘说它滨临大海，是入西女国的要道。再往西北，便到了当时的波剌斯（即波斯）国境了。

　　玄奘究竟有没有亲到波斯，历来说法不一：有人说他曾经到了波斯，有人说他不过听见人家传闻，并未亲自到过。现在根据《大唐西域记》，他大概到过波斯东境的鹤秣城（现在格剌特城）。大概唐朝初年的波斯，已经为大食国所吞并，伊斯兰教的势力已经逐渐扩充，佛教在西方已经衰落下去。而且波斯的文化是属于另外一个体系——伊朗文化；它所用的语言文字，也和印度完全不同，所以玄奘对它不发生什么兴趣，因此也没有深入进去。

可是在这个国家，他却听到一件有趣的传闻，他也把它写入《大唐西域记》，就是后来小说中"女儿国"传说的起源。据当地传说：波斯西北，接着拂懔国境；这拂懔国西南，有一个海岛，叫作西女国，只有女人，并无男子。拂懔国王每年派些男子去作配，可是生下来要是男孩，都养不大；要是女孩，就偏偏都能长大，所以仍旧是女多男少。这当然是不近情理的，可是西方也有这种类似传说。据说从前在小亚细亚黑海边上，跨着塞尔孟寻河两岸，有一个"女儿国"，叫作阿马森（意思是女人保护的地方），这个国内没有一个男子，一切都由女人组织管理。她们的兵器有一种特制的斧头，名叫"阿马森斧"，据说还有纪念标、纪功碑等。这自然又是一种"海外奇谈"，但与玄奘所听到的西女国，可能有些关系，究竟玄奘自己也未实至其地，也只好姑妄听之罢了。

玄奘从波斯边境又回到西印度，到了信度国。从这里又向东行九百多里，渡过大河，到了茂罗三部卢国（现在巴基斯坦共和国木耳丹城），又转到了北印度的钵伐多罗国（现在巴基斯坦共和国 Uchh 地方，一说在巴基斯坦旁遮普省 Pakpattam）。城旁有大伽蓝一百多所，僧徒都学大乘法。这里是从前最胜子写《瑜伽师地释论》的地方；也是贤爱论师、德光论师二位大师出家的地方。玄奘在这里一住两年，加深了他对于大乘论的造诣。

可是他念念不忘的地方，还是当时印度的文化中心那烂陀寺。于是他又跋涉千山万水，回到中印度的摩揭陀国，在那烂陀寺继续研究佛学。

这时他听说杖林山（距旧王舍城址东北约六十华里）有一位法师，叫作胜军论师，是印度当代的一位佛学权威。提起这位法师，非同小可，他本是苏剌侘国人，从小好学，曾从贤爱论师学过因明学，又从安慧论师学过声明学、小乘论、大乘论；又从戒贤法师学过《瑜伽论》，举凡一切宗教哲学、天文地理、医方术数，无所不通，无所不晓。因为他学贯古今，德高望重，所以摩揭陀国的先王曾礼聘他拜为国师，封他二十大邑，可是他坚辞不受。后来戒日王即位，又敦请他做国师，封他乌荼国八十大邑，他还是辞谢不受。戒日王再三固请，他再三固辞，对戒日王说道："我闻受人之禄，忧人之事。现在我自己要解脱生死这一关，还来不及，哪有余暇来预闻政事？"说罢，长揖而去。戒日王也无可如何。

胜军论师去后，常住在杖林山，教授学徒，开讲佛经。玄奘闻说，也亲往就教，在那里住了两年，学习了《唯识抉择论》《意义理论》《成无畏论》《不住涅槃》《十二因缘论》《庄严经论》；

此外还问些关于《瑜伽论》、因明学方面的疑难。这两位大师，教学相长，互相获益不少。

玄奘在印度游学，周游了五印度，访遍了当代印度大师，到此已将近十五年。虽然他潜心佛学，然而离乡既久，乡思愈切，白天人多事杂，还不觉得，可是一到夜深人静的时候，祖国一切的一切，便涌上心来，愈想愈觉得祖国的可爱，可是祖国与印度之间，隔着葱岭大雪山，阻着流沙，相去几万里，在当时交通困难情形之下，真是如同隔世，愈想愈觉得祖国可望而不可即。在这种情思之下，他作了一个梦，梦见那烂陀寺殿宇荒芜，到处系着水牛，满地污秽，看不见一个僧徒的影子。他从幼日王院的西门进去，一连走过了好几个院子，都是荒凉景象。他正在心中纳闷，忽见第四重楼阁上有一位金人，法相庄严，光芒四射。他满心欢喜，想要上去，可是又没有路，遂求金人垂手接引。金人忽然说道："我是曼殊师利菩萨，你业缘未尽，未可便上。"又指向寺外道："你试回头看一看！"玄奘回头看时，见寺外火起，一派大火，焚烧村邑，一霎时都成灰烬。那火愈烧愈近，又听见百姓奔走叫号的声音。玄奘正在惊异，听见金人又说道："你可早作归计。此地十年以后，戒日王便要晏驾，那时印度将有大乱，你须要好好留心在意。"说完金人忽然不见。玄奘惊醒，出了一身冷汗，听谯楼更鼓，正打四更，不觉长叹。遂把这梦前前后后，告诉胜军。胜军道："天道无常，或者我国应该如此，也未可知。既然菩萨示兆，法师你自己决定吧！"自此玄奘心中，便有了回国的打算。

照过去传记中的说法，这是玄奘至诚所感，所以曼殊师利菩萨预先示兆，劝他归去。后来到了唐朝永徽年间（650—655年），戒日王果然死去，五印度发生大乱。幸亏玄奘先已回国，得以平安无事。实在这一个梦境，是完全可以用心理学现象来解释的。玄奘西来取经，是为了钻研佛学，他是感情热烈、热爱祖国的一个人，离开家乡日久，祖国的人民，祖国的山河，祖国一切的一切，时时刻刻，都萦绕在他的脑际；离开的时间越久，怀念故乡的心思也越切。这种下意识的情绪，便会在夜间形诸梦寐，这也是自然而然的现象。又加之以他是信仰宗教的一个人，所以遂有"菩萨示兆"的梦境。既得此梦之后，他的归心愈切，这也是自然的事情。

欲知后事如何，且听下回分解。

第二十三回　讲大乘折服师子光
论外道义释婆罗门

话说玄奘法师得梦之后，渐动归国之念。这时戒贤法师见玄奘学问渊博，请他在那烂陀寺开讲《摄大乘论》《唯识抉择论》。远近僧俗，听见有一位中国法师在那烂陀寺讲学，都纷纷前来听讲，见他说理晓畅，剖析清楚，莫不佩服；尤其难得的，是玄奘说的一口流利的印度话，听起来几乎和印度人说的一般，大众莫不赞叹。

可是一个人名望太高了，必然招忌，何况佛教学派中间，又本来有些门户之见。原来释迦牟尼在世之日，亲自四出传教，但并没有把佛学上的道理写成经典。释迦牟尼逝世以后，他的信徒们经过多次结集，从事佛教理论的讨论和研究。其中"上座部"是老年学者的集团，以正统派自居，代表佛教中的保守派，他们写下了"三藏"。"大众部"是青年学者的集团，代表佛教中的革新派，他们写下了"五藏"。后来未及一百年，大众部复分为九派，接着上座部也起了内部的革命，其中的新派就是"说一切有部"（省称"有部"），这是小乘派的起源。

到公元一世纪印度出了一位杰出的哲学家马鸣，写了一部《大乘起信论》，对佛教教义的解释和以前各说有所不同，提倡较为宽大的学风，这是大乘派的起源。

以后大乘派又分裂为"中观"法门和"瑜伽"法门两派。

玄奘继承马鸣、无著、世亲的学说，主要是研究大乘佛教《瑜伽论》，所以和小乘派固然渊源不同，和"中观"法门也是立说互异。在他开讲之前，那烂陀寺有一位高僧，叫作师子光，曾开讲过《中论》《百论》，妄想假借《中论》《百论》来推翻《瑜伽论》。玄奘本通《中论》《百论》，又精研《瑜伽论》，他以为先哲立教，各有发挥，不相违妨，或者不能融会贯通，认为是互相矛盾，甚至是甲而非乙，互相排斥，这是传法的人的错误，不是佛教哲学本身的缺点。看见师子光局度褊狭，屡次前去访问，想说服他，并且互相团结。在公开的辩论中，师子光往往不能回答，于是学徒渐散，都来转听玄奘讲学。玄奘为了辟除偏见，和会二宗，说二派学说，并不互相违背，便以梵文著了《会宗论》三千颂，写成以后，送呈戒贤法师，并遍示大众，莫不称赞。戒贤法师心中高兴，拿来悬诸寺门，宣示僧俗。师子光怀惭，忿忿而去；到了菩提寺，另外叫他东印度的一位同学，名叫旃陀罗僧诃的，来同玄奘论难。这人擅长辩论，满指望一到那烂陀寺，便召集大会，当众把玄奘驳倒，以雪同学之耻。可是他一到寺门，读了《会宗论》，又会见了玄奘，见他博学多才，雍容大方，自知非他敌手，遂不发一言，默然退出。于是玄奘法师，声望日隆。

这时戒日王大兴佛法，正在那烂陀寺旁边，造一所大理石精舍，高到十丈以上。这项大工程，传遍远近，五印度人民，无人不知。后来戒日王亲征恭御陀国，到了乌荼国，这一国僧人，都学小乘，不信大乘，说它是"空花外道"，决不会是释迦牟尼所说。他们见了戒日王，讥讽道："听说大王在那烂陀寺造一座大理石精舍，高到十丈以上，工程十分浩大。为什么不造在迦波厘外道寺，而单单造在那烂陀寺呢？"戒日王道："为什么说这般的话？"众僧答道："那烂陀寺不过是空花外道，还不是和迦波厘寺差不多？"戒日王听了，心中不悦。

在这以前不久，南印度王灌顶，有一个国师名叫般若毱多，本是一个老婆罗门教徒，深通正量部义，写了《破大乘论》七百颂。这书一出，许多小乘僧徒莫不欢喜。乌荼国众僧，便拿来给戒日王看道："我们小乘教出了这书，不信大乘派有人能难破一字的。"

戒日王道："我尝听说狐狸在老鼠中间，未见狮子之前，自以为比狮子还强；但到了真见狮子之后，则吓的魂飞魄散。你们未见大乘诸师，所以固守成见；要是你们会见之后，恐怕也是如此。"

众僧道："这又有何难？大王不信，何不召集大家，对辩是非？"

原来在中古时代，印度的学术界、思想界，有一种特殊的风气，在百家争鸣之下，往往举行学说辩论大会，在两种不同的学说进行辩论时，双方都抱着为真理而牺牲的精神，凡是辩论失败的，甚至愿意割下自己的头颅作为代价。这时小乘派提出要求，要和大乘派当众举行辩论。戒日王当下许诺，即刻发使修书，送给那烂陀寺正藏戒贤法师，里面写道：

弟子行次乌荼，见小乘师恃凭小见，制论诽谤大乘，词理切害，不近人情。仍欲张鳞，共师等一论，弟子知寺中大德，并才慧有余，学无不悉，辄以许之，谨令奉报。愿差大德四人，善自他宗兼内外者，赴乌荼国行在所。

这是小乘派对大乘派的公开挑战。戒贤法师得书，遂召集众僧，决定人选，派海慧、智光、师子光和玄奘四人，应戒日王之命，前去论辩。海慧、师子光等应命之后，心中忧虑；玄奘独不以为意，对三人说道：“小乘诸部，我早年在本国已经学过；后来到迦湿弥罗国，又曾进一步研究，也略略知道源流本末。若说要把小乘来破大乘教义，断无此理。玄奘虽才疏学浅，自信还可以胜任。各位法师不必忧虑，万一失败，自是中国僧一人之事，与列位无关。”众人方才欢喜。

过了几天，戒日王因为军务倥偬，又有信来，说道：“前请大德，未须即发，待后进止。”因此玄奘等四人暂且住下，不在话下。

这时有一位婆罗门教徒“顺世外道”，不信大乘教义，根据婆罗门教的道理，来求论难，写了四十条教义，亲自前来，悬于那烂陀寺门上，理直气壮地扬言道："若有能破得一条的，我愿意斩首相谢。"一连挂了数天，无人出应。玄奘得知，取下四十条教义，加以撕毁。"顺世外道"大怒，问道："你是什么人，敢撕毁我的教义？"玄奘道："我是摩诃支那国玄奘法师。""顺世外道"早已听说大名，心中着急，未敢即辩。玄奘请他进去，在戒贤法师及众僧面前，和他辩论，并请大家作证。玄奘先列举印度当时许多"外道"宗派，一一加以分析批判；最后说明大乘佛法，主张众生一切平等，没有贫富贵贱之分，没有阶级上下之别，普度众生，同登彼岸。谓之大法，是言真诠；谓之小学，是言权旨。示之以因修，明之以果证。又详细比较了婆罗门教的教义，说明它不及大乘佛法的地方。

婆罗门教徒听了，起初还有点不服气，后来见玄奘分析明白，批判中肯，不由他不心悦诚服，遂站起来谢道："我现在认输了，既然有约在先，愿意听凭发落。"

玄奘道："我们出家人慈悲为怀，决无害人之理，你既已服输，可拜我为师，听我教导。"

婆罗门教徒听了欢喜，就拜玄奘为师，跟他一起居住，不在话下。

这时玄奘准备应戒日王之命，前往乌荼国去辩论，乃访得南印度婆罗门所制《破大乘论》七百颂，反复细读，觉得其中还有几处疑难地方，心中不决，遂问这个收伏的婆罗门教徒道："你曾经听过这《破大乘论》么？"

婆罗门道："曾听讲过五遍。"

玄奘道："你可否为我讲一遍？"婆罗门谦逊辞谢，说道不敢。

玄奘道："这是属于别一宗教，我未曾听见过，所以虚心请教，你但讲无妨。"

于是婆罗门讲了一遍。玄奘听了，完全了解，遂细细找出其中错误的地方，引申大乘之义，加以辩驳，写成《破恶见论》一千六百颂，拿来呈戒贤法师，并宣示大众，莫不赞赏。后来这个婆罗门回到东印度迦摩缕波国，告诉鸠摩罗王，也深为叹服，便要发使来请。这壁厢玄奘整理佛经佛像，便准备东归。

欲知后事如何，且听下回分解。

第二十四回　众高僧苦留玄奘
二名王争请法驾

话说玄奘整理佛经佛像，正要东归。这时惊动了那烂陀寺许多僧众，听说玄奘即将回国，大家心中恍然若失。遂以师子光为首，一齐前来劝阻，说道："印度是我佛如来诞生的地方，我佛虽然早已寂灭，但是遗迹还在，我们巡游礼拜，足慰平生。法师到此，正要共同宣扬佛法，岂可便去？"

玄奘道："承诸位师兄慰留，足见高谊。但是我佛立教，义尚流通，正要普度众生，使大乘佛法，可以流传东土，所以须要回去。"

众人看见劝他不住，便一齐同到戒贤法师面前，请老法师出面挽留。戒贤法师问玄奘道："你的意思怎样？"

玄奘道："印度是我佛诞生的地方，我岂有不留恋之理？讲句实在话，我也舍不得离开吾师和众位师友。但玄奘此来，为的是敬求大法，广利众生。自从到了这里以来，蒙吾师特为开讲《瑜伽师地论》，解释疑惑，顿开茅塞；又礼拜了佛迹，游学了各地，私心感激，觉得不虚此一行。现在正想回去，专心致志，翻译佛经，使得流传东土，并以报答师恩。因此不敢留住，还请见谅。"

戒贤法师见地，究竟高人一等，听玄奘说罢，欢喜道："这正是菩萨心肠。我所希望于你的，也是如此。众徒弟们可让他装束，不必苦苦相留。"说罢还房。

于是众僧不好再留，玄奘整装待发。可是他这几年来所搜集佛经佛像，异常丰富，回去千山万水，路程遥远，没有牲畜，如何运送，为此踌躇不决。暂且按下不表。

这时恰好有东印度迦摩缕波国鸠摩罗王，闻说玄奘大名，急欲一见，派人送书于戒贤法师，写道："弟子愿一见中国大德，希望法师发遣他来，以慰我的期望。"

戒贤法师得到此信，迟疑了半天，告诉大家道："鸠摩罗王要请玄奘，但这人已内定派到戒日王驾前，和小乘派辩论；现在如应请往东印度，倘戒日王一朝要起这个人来，须不当稳便，还是不去的好。"遂对来使说道："中国法师正打算要回国，来不及赴王命，还请大王原谅。"来使照话回报。

鸠摩罗王更派人来请道："中国法师纵使要回国，暂时前来一趟，也不是什么难事。一定要请垂顾一次，不要再推托了。"

戒贤法师还是不肯，仍旧回话谢绝。鸠摩罗王大怒，更发别使，赍书给戒贤法师，措词十分恳切，一定要请玄奘一行，并且加以威胁道：如再不派他来时，是当他恶人看待，"必当整理象军，云萃于彼，踏那烂陀寺，使碎如尘。此言如日，师好试看。"

戒贤法师得书，知道此事难了，想了一会，对玄奘说道："鸠摩罗王素有向善之心，可是境内佛法不甚流行。自从他听见你的大名以后，似乎很受感动。你或者是他的宿世善友，也未可知。我们出家人以方便为本，现在他再三来请，正是时候了。譬如伐木，一定要先从根本着手，现在国王提倡，则百姓一定从化。我们若固执不去，或者反招致魔障。你可不辞辛苦，去走一遭如何？"玄奘听了，点头同意，遂辞了戒贤法师，偕同使者前往。

不出十日，便到了东印度迦摩缕波国，鸠摩罗王亲自出迎，看见玄奘惠然肯来，而且举止大方，谈吐清雅，甚是喜欢。群臣迎拜，莫不赞叹。百姓扶老携幼，塞满途中。国王将玄奘迎入宫中，香花供养，日陈饮食音乐，并请受斋戒。玄奘也为说法讲经，就这样一连住了月余。

却说戒日王亲征恭御陀国，得胜还朝，记起小乘派对大乘派公开挑战之事，马上要找中国法师见面一谈；听说玄奘已被鸠摩罗王请去，心中不悦，对左右说道："我先屡请不来，现在如何到了那边去了？难道我们这里反不如那边吗？"遂立刻派遣使者，星夜出发，到了迦摩缕波国，传戒日王之命，要鸠摩罗王立刻送中国法师前来。

鸠摩罗王这时请玄奘说法讲经，正在兴头上，听见戒日王要玄奘立即前去，如何肯放？遂对来使当众发话道："在先是戒贤法师不肯，屡请不来；现在好容易请到了，来了还没有几天，又要叫他回去。告诉戒日王：要我的头还容易，要法师回去，万万做不到！"

使者无可奈何，只好照实回报。戒日王听了大怒，对大臣说道："这还了得！鸠摩罗王敢这般轻视我！如何为了一个法师，说出这种无礼的话来！"

遂再派使者前往，见了鸠摩罗王，说道："戒日王殿下听说你不放法师前去，十分不悦，现在传戒日王之命：你既说要你的头容易，就请把头交来使带来。"

鸠摩罗王听了，暗忖道：这番若恼了戒日王，必然要惹动刀兵，前次是自己一时失言，不如还是把法师送去，以免两国失了和气。遂一面对来使谢罪，一面发下命令，带领象军三万，乘船三万只，同玄奘一起出发，溯恒河而上，来见戒日王。在出发以前，先令人报知戒日王，约定在羯朱嗢祇罗国相见，并叫人在恒河北岸，筑下行宫。大军浩浩荡荡，水陆并进。不出数日，到了约定地点，先把玄奘请到行宫安置，然后自己带了群臣，渡过恒河，来见戒日王。

欲知后事如何，且听下回分解。

第二十五回　戒日王亲迎法师
曲女城大会诸侯

话说鸠摩罗王率随从数十人，渡过恒河，到了对岸，来见戒日王；进了大营，到行宫宫门通报。戒日王升了行宫，传旨请进。鸠摩罗王参见罢，执礼甚恭。

戒日王甚是喜悦，知道他敬重玄奘法师，也不再责备他失言之事，但问道："中国法师现在何处？"

鸠摩罗王答道："现在我的行宫。"

戒日王道："为什么不同来相见？"

鸠摩罗王答道："大王敬贤爱士，岂可叫法师先来参见？还请大王亲自去迎接一遭，以见大王尊佛重道。"

戒日王道："说得有理。你可先回，我明天亲自来迎。"

鸠摩罗王回去，告诉玄奘道："戒日王虽说明天来迎，我看他渴望和法师见面，只怕等不到明天，恐怕今天晚上就要前来，我们还须准备。他要亲自来时，我自去迎接；法师可依照我国规矩，端坐不动。"

玄奘道："贫僧是出家人，遵照佛法，自然理当如是。"

到了一更天气，戒日王果然前来，有小校报道："恒河面上有好几千灯火，并有步鼓的声音。"

鸠摩罗王道："这是戒日王来了。"便即起身，叫随从点起灯火，照耀如同白昼，率领群臣远远迎接。看官听说：这戒日王是五印度的盟主，出警入跸，他出巡的时候，左右携有金鼓数百面，一步一击，叫作"节步鼓"。只有戒日王有这排场，别的国王不敢僭用，所以鸠摩罗王听见鼓声，知道是戒日王来了。

戒日王上岸，随从群臣，济济成行，仪仗队前导，侍卫后拥，两行火炬，势若游龙。鸠摩罗王迎见，两王同行，直入行宫，见灯火辉煌，香烟氤氲。那东印度士兵，见戒日王驾到，齐呼万岁。戒日王走进宫里，只见玄奘法师，戴着毗卢僧帽，穿着袈裟法服，合掌端坐禅床之上。戒日王顶礼罢，散花瞻仰。玄奘举目看时，见戒日王戴着王冠，佩着宝剑，立在面前，一双眼光，炯炯照人，眉宇之间，流露着一股英气。玄奘起立，合掌问讯，相见既毕，各自归座。

戒日王亲致慰劳之意，问道："法师从哪一国来？"

玄奘道："从大唐国来，到贵国敬求佛法。"

戒日王道："大唐国在什么地方，离这里有多远？"

玄奘道："大唐国在这里东北好几万里，就是印度所谓摩诃支那国。"

戒日王道:"我往常听见有人说起,摩诃支那国有一位秦王,十分神武。从前先代丧乱,分崩离析,兵戈四起,百姓流离失所。这位秦王早怀远略,大慈大悲,平定海内,统一国家,殊方异域的人,都慕化称臣。我曾听见过《秦王破阵乐》,甚是雄壮。外面称赞他的盛德,可真有这事? 你所说的大唐国,莫非就是指的这个国家?"

玄奘合掌答道:"正是这个国家。支那是前王的国号,大唐乃是现在的国号。从前我王还没有即位,称为秦王;现在已经承统,称作皇帝。当前朝末年,群生无主,兵戈乱起,残害生灵。秦王起兵定乱,殄灭群凶,八方宁静,万国朝贡。这个君王爱民惜物,崇敬三宝,轻徭薄赋,省用刑罚,而国用有余,百姓富足,风教大行,难以备举。"

戒日王道:"这是你们国家苍生有福,得着这样一位明君。我若能见到他,也当北面事之。"

玄奘这一席话所谈秦王和中国的情形,深深印在戒日王心中。在这以后不久(公元641年,唐贞观十五年),他便以摩揭陀国王的名义,派使节访问中国。唐太宗也派梁怀璥、王玄策到印度去访问,到了曲女城,带了太宗亲笔玺书,来见戒日王。戒日王得报,吃了一惊,问左右大臣道:"从古以来,可曾有过摩诃支那国使人到过我国?"左右都回说"没有"。戒日王十分高兴,亲自出宫迎接,用隆重的仪式,接受了唐朝的国书。——这是中印两国建立正式邦交的开始。而玄奘和戒日王的一段谈话，实在起了桥梁的作用。这是后话，暂且不提。

当下戒日王又问道："弟子先前礼请法师，为何不见光顾？"

玄奘道："贫僧远寻佛法，为求《瑜伽师地论》，当时奉命之初，听讲未了，所以还没有成行，还请原谅。"

戒日王道："弟子正要大开道场，阐扬大乘佛法，敬请法师说法。"

玄奘道："宣扬佛法，是出家人本分，贫僧敢不遵命！"

戒日王道："今日弟子暂且告辞，明天专派使臣前来奉迎，请法师辛苦一趟。"说罢起身，带领从臣上船，大队船只，依旧过河而去。

第二天一早，戒日王果然派使来迎，玄奘同了鸠摩罗王，一齐进了曲女城，来到宫门，戒日王带了二十多从臣，亲自出迎，请进别殿，大开筵席，作乐散花，备极款待。

酒过三巡，戒日王动问道："弟子听见戒贤法师说起，法师曾写了一部《制恶见论》，现在何处？"

玄奘道："就带在这里。"遂取了出来，呈王阅读。

戒日王读了一遍，心中喜悦，对近臣和诸僧说道："我尝听说太阳光一出，则萤火烛光失其明；春雷一声震动，则钟鼓铙钹绝其响。小乘各派所守的宗派，现在都为他所破，你们试一试看，可还能够救得？"诸小乘僧人听了，无人敢作一声。

戒日王又道："你们上座提婆犀那，自以为学问渊博，见解出众，首先立出异见，动不动便要诋毁大乘佛法。现在一听见法师要来，便托言到吠舍厘去巡礼圣迹，借故逃避。师等所谓本领，看来不过如此。"小乘众僧听了，心下惭愧。

这时戒日王有个御妹，生得聪慧伶俐，善解正量部义，也懂得大乘论。她坐在戒日王后面，听见玄奘谈吐典雅，说理流畅，又听见他说明大乘气度宏远，小乘格局浅狭的道理，十分钦佩，心中暗暗称赞。戒日王道："听了法师宏论，大开茅塞，弟子同在座诸师，都已完全相信；但恐其余各国小乘外道，依然固守愚见，执迷不悟。我的意思，要为法师在曲女城开一大会，叫五印度的沙门、婆罗门以及一切教徒，都来参加，听法师开讲大乘微妙道理，一方面绝其毁谤之心，一方面显扬法师盛德，不知吾师意下如何？"玄奘听了，欣然从命。戒日王便发出通告，叫五印度大小各国僧俗人等，凡是懂得佛经或婆罗门教义的，都齐集曲女城，来听中国法师讲经说法。

戒日王先派人在恒河上游地势平坦地方，挑选会场，盖起两座又高又大的草殿，各可容千余人，在内供起佛像；又在会场西面五里，起造行宫，并指定地点，留给其他国王营造行宫。安排既定，戒日王自同玄奘法师，于冬初溯恒河而上，到了腊月，方才到得会场。这时布告传出，轰动了五印度，听说戒日王亲自主持，请中国大法师说法，举行大辩论会，大家关心学术思想，而大乘派和小乘派之争，又是当时论辩的中心问题，所以僧俗大众人等，都要前来一看。来赴会的共有十八国王，有熟习大小乘的

169

僧徒三千多人，有婆罗门及尼乾等教徒二千多人。那烂陀寺有一千多僧徒，也来赴会。这些人大多是博学多识，擅长辩论，有的想听一听玄奘说法，有的想和玄奘论战一番，为他所相信的真理辩护。到了十二月，差不多已经到齐，连诸王随从及僧俗道众，不下五万余人，有的乘象，有的坐车，有的骑马，有的步行。但见幢幡夹道，车马如云。这是印度史上的一个盛会，真个是"举袂成帷，挥汗成雨"，几十里地面以内，充满了车马人物。而其中的中心人物，便是玄奘法师。

到了正式集会的那一天，戒日王先在宫中，铸好金佛一尊，叫一匹大象驮了佛像，上面张着宝幔。戒日王自己装扮作帝释，手执白拂侍在右面；鸠摩罗王装扮作梵王，手执宝盖侍在左面，二王都戴上天冠，上面垂着璎珞，身上佩着玉佩。又盛装两匹大象，载着各色鲜花，随在佛后，一路散花前进。又请玄奘法师同本国有名法师，各乘大象，依着次序，排列在二王之后。又用三百匹大象，叫各国国王、大臣和高僧等，都坐在上面。浩浩荡荡，向大会会场进发。一路鼓乐喧天，花雨缤纷。五印度僧俗人等，各派教徒，各国学者，都以十分兴奋的心情，本着为真理争辩的精神，来参加这一次大会。大会的空气，显得紧张而热烈。

大队人马到得会场，一齐下骑入殿，先请过如来佛金像，安置在大殿正中宝莲座上；然后由戒日王、鸠摩罗王及各位法师，依次散花供养。随后请十八国王进来；再请各国名僧，声望最高、学问渊博的一千多人进来；又请婆罗门及其他各教有名望的五百多人，各国大臣二百多人，一齐进来。此外僧俗人数太多，殿中容纳不下，各令在殿外部署安置。大家就座既毕，戒日王发下号令，叫殿内殿外，一齐开宴；宴罢，用金盘一个，金碗七只，金澡罐一个，金锡杖一枚，金钱三千，上等氎衣三千，献给释迦佛；此外法师同各位高僧，也各有布施。布施的衣物，堆积如山。一切仪式既罢，这才在大殿中间，设起宝床，请玄奘法师，升座开讲。

欲知后事如何，且听下回分解。

第二十六回　说法讲经花雨缤纷
　　　　　　巡游唱道宝象庄严

　　话说五印度僧众大会恒河之上，举行辩论大会，并请玄奘作主讲人，先讲大乘论。这一天天气十分晴朗，各式各样的印度群众，穿着各色服装，齐集大会场上，听玄奘开讲。这法师整一整袈裟，登上讲坛，升坐宝床之上。大家举目看时，果然十分庄严。这时会场上老老少少，何止数千人？有的是老年的婆罗门教徒，长须白发，道貌岸然；有的是"涂灰"和"露形"外道，奇形诡服，装束特殊；有的是年轻的小乘派和尚，血气方刚，行动急躁；还有许许多多居士和比丘尼，大家以不同的心情，来听中国法师讲经说法。玄奘首先称扬大乘，再破异见，说得道理明白，辩论流畅。他在印度已经十六年，中印度住的最久，说的一口中印度话，异常流利。加以他又长于讲演，听讲的人莫不心中佩服，有的人暗暗点头。自早上讲起，到了中午，已讲过大概。戒日王深恐他过于辛苦，又叫那烂陀寺的明贤法师，当众宣读一遍；另外叫写录一本，悬于会场门口，晓谕一切僧俗人等："若其间有一个字站不住能驳倒的，当斩首相谢。"布告一出，很多人围拢来看，其中婆罗门教徒，意见纷纭；小乘派教徒，窃窃私语；只有大乘派教徒，十分高兴。自早至晚，没有一个人敢出来辩论。戒日王十分欢喜。这一天罢会还宫，十八国王同各位高僧，也各自回到住所。玄奘同鸠摩罗王，也回到自己行宫。

第二天早晨，天朗气清，五印度僧俗大众，仍旧集会，听玄奘法师继续说法。玄奘讲完大乘，再开讲他的主要论题——《破恶见论》，专驳小乘一派诋毁大乘的一些偏见。会场空气顿时紧张起来。大乘派僧众，暗暗喝彩；小乘派教徒，心中干急。玄奘一连讲了五天，愈讲愈有精神。这时急坏了老婆罗门教徒般若毱多，见玄奘驳得他体无完肤，和小乘派一些教徒商量道：中国和尚直如此猖狂，须给他一点颜色看看才好。大家秘密商议，要暗中加以伤害。戒日王得知，出布告宣示道：

近代以来，邪党乱真，由来已久。此辈埋没正教，淆乱是非，贻误众生。不有上贤，何以辨别真伪？中国法师气度非凡，道德学问，都很渊深，为了拔除群邪，来游本国，显扬大法，汲引愚徒。可是一些妖妄之辈，不但不知自己惭悔，反而谋为不轨，妄想加害别人。这是决不能容忍的。现特布告周知，如有人胆敢动手伤害法师的，杀无赦；动嘴毁骂法师的，截其舌。但是要进行辩论的，不在此限。

戒日王这个布告，异常光明正大，他提倡学术方面的自由讨论，但是禁止宗派方面的暗害歧视。布告一出，小乘一派和其他各派教徒，不敢蠢动，一连过了十八天，没有人敢出来辩论。到了最后一天，玄奘法师又升上宝床，作出结论，他称扬大乘佛法，盛赞释迦功德，教人弃小归大，返邪入正。他的说服力量异常之大，连有些一向深信小乘佛法的教徒，听了几天以后，也暗暗心中折服。那烂陀寺同来僧众，更是心中高兴。戒日王也异常高兴，施法师金钱一万，银钱三万，上等氍衣一百套；其他十八国王也各有布施。玄奘坚辞，一概不受。看官听说，玄奘前在高昌国时，也曾讲经说法，他临走的时候，高昌国王也曾布施巨万，他都受了，为何这次分文不受？这其中有个缘故：高昌国王和他结为兄弟，情同手足；而且他开始西行，千山万水，正苦没有川资，高昌国王送他这一笔钱，正可作为盘缠。而且一路经过许多佛寺，都拿来布施散给，广结善缘，所以受了。这次在印度说法，轰动了全国，玄奘的目的，是为了明辨是非，宣扬大乘，这许多金钱，对他并无用处，所以坚辞不受。

　　戒日王见玄奘坚决不受，知道不能相强，心中更加敬重。乃命侍臣装饰了一匹大象，象背上张着宝幢，要请玄奘乘坐，并叫贵臣陪卫左右，巡街唱道，好叫大众得知。这是印度古来的一种习惯，凡是在大辩论会上得胜的人，都可骑象巡街。玄奘辞谢不敢，戒日王道："这是我国旧法，不可违背。"于是玄奘上了宝象，众臣前驱后拥，另有一人高举着玄奘的袈裟，在前面开路，高唱道："中国法师讲大乘佛法，破了异见，一连十八天，没有人敢出来论难，好叫大家知道。"这时看的人人山人海，有的心中称羡，有的暗暗嫉妒；但是极大多数的人，都佩服中国法师的学问渊博，辩才出众。大家为玄奘取了一个法名，叫作"摩诃耶那提婆"，意思是"大乘天"；另外小乘一派，叫他作"木叉提婆"，意思是"解脱天"。大家焚香散花，欢喜而去。

散会之后，戒日王把所铸的金佛像及衣钱等，交给寺僧，叫他们好好看守，立寺作为纪念。玄奘见大事已毕，整理了佛经佛像，一一辞别了那烂陀寺的师长同学，并向戒日王和鸠摩罗王拜辞，要回中国去。

戒日王道："弟子承嗣宗庙，忝为五印度盟主，即位以来，已经三十多年。常恐福德不长，太平不永，所以积聚财宝，随时布施。在钵罗耶伽国恒河与阎牟那河两河之间（现在印度联合省南境 Allahabad），立一大会场，每五年大施一次，遍请五印度沙门、婆罗门及贫穷孤独的人们，做七十五天无遮大施会，已经做过五会，现在正要做第六会。法师何不随喜随喜？"

玄奘道："这是菩萨心肠。大王福慧双修，真是一件盛事。贫僧岂敢推辞？愿意多留几天，跟着大王去随喜一遭。"戒日王甚是喜悦。

这时十八国王未散，听说戒日王要做无遮大施会，都愿意踊跃参加。到了这一年腊月二十一日，大队车仗人马，浩浩荡荡，便向钵罗耶伽国出发。这个大施会场，是在两大河流之间，恒河在其北面，阎牟那河在其南面，都从西北向东南流，到这里相会。当二河合流地方的西面，有一块高台地，周围有十四五里大小，平坦得如镜面一般。从古以来，印度历代国王，都在这里布施，所以叫作"大施场"。相传在此地施一文钱，胜似在别处施千百文钱。戒日王叫在大施场上面，先围起竹篱，作正方形，每一方面各长一千步。中间盖起草堂数十间，安放珍宝，无非是些金银、真珠、红玻璃宝、帝青珠、金银钱币等。竹篱笆外面，另外造了饭厅食堂。宝库前面，更造长屋一百多行，好像京城里的市肆一般，每行可坐一千多人。一切布置就绪，戒日王便发下布告，叫五印度沙门、婆罗门，以及贫穷孤独的人们，都到大施场前来受施。这一来早又轰动了全国，传遍了五印度，各地僧俗，闻讯之后，纷纷前来，共有五十多万人，这一次包括各阶级、各方面人民，比上次会规模更大。

欲知后事如何，且听下回分解。

第二十七回　戒日王六开无遮会
玄奘师万里赴归程

　　话说戒日王传下号令，叫五印度沙门、婆罗门各种外道，及贫穷孤独的人们，都到大施场来开无遮大会，一时轰动了全国；自己同了玄奘法师，从曲女城前去赴会，随行的有十八国王。到了大施场，戒日王安营在恒河北岸，南印度王杜鲁婆跋吒安营在两河会流处西面，鸠摩罗王安营在阎牟那河南岸；其余各国国王，也都分别找到地点，安下营寨。这个季节虽是冬天，但在印度是温暖如春。到了开会的那一天，戒日王和鸠摩罗王，各自率领水军，跋吒王率领象军，分水陆两路，齐集会场；十八国王，依次陪列。这是印度历史上一个盛会，上至王侯贵族，下至平民鳏寡孤独，不分男女老少，从四面八方，都赶来集会。

　　大施会第一天，在草殿内安置佛像，作乐散花，并开始布施，第一批是布施上等珍宝，上等衣服，而且供给美馔。到了天晚，各各回营安息。第二天，在草殿内安置"日天"像，并布施珍宝及衣服，比第一天减半。第三天，在草殿内安置"自在天"像，布施珍宝衣服，和第二天相同。第四天，专施佛教僧徒，到一万多人，坐满了一百行，每人施金钱百文，珠子一枚，氎衣一套，及饮食香花，供养罢，各自散去。第五番，专施婆罗门教徒，因为人数最多，二十多天方才施完。第六番，专施"外道"，十天方才施完。第七番，专施远方前来求布施的人，也是十天方才施完。第八番，布施贫穷孤独者，一月方才施遍。到了最后一天，府库里面所积财宝，都已经布施一空，只留象、马、兵器，作为防守国家之用。此外所有一切宝货，甚至连戒日王身上穿的衣服，头上戴的璎珞，耳环、臂钏、宝鬘、项珠，以及髻中明珠，统统施光，不剩一件。这就叫作"无遮大会"。最后一切施完了，向御妹要了一件粗布衣暂时蔽体。大施会开到最后几天，各国国王都拿出许多金钱，把戒日王所施的璎珞、鬘珠、服饰，等等，一一又赎了回来，送还给他。所以过了不多几天，戒日王穿的御服，戴的璎珞宝珠，又完全和开始的时候一样。

大施会的盛况，真是空前，但是盛筵终有一散，大施会开罢，各国国王和僧俗人等，渐渐散去。玄奘心想这是他回国的时候了，遂辞别戒日王，要起程回国。戒日王心中不舍，挽留说道："弟子正要共法师阐扬佛法，如何便要回去？"一再强留，玄奘觉得难却，又住了十多天。

鸠摩罗王也殷勤劝留玄奘，说道："只要法师肯到敝国去受弟子供养，弟子当为法师发一个宏愿，造一百所佛寺。"

玄奘见两位国王，都不肯放他回去，乃苦言解释道："敝国离这里很远，知道佛法太晚，虽然辗转传闻得知一些大概，但不能精通原委。为此贫僧专诚来到上国，访求佛法，蒙各位大师不弃，加以教导；又蒙各位贤王看得起，十分提倡。现在愿心已了，佛法已得，这都是由于本土诸贤一片诚心感动所致，所以贫僧一刻不敢忘怀。还望大王放贫僧回去，不胜感激之至。"

戒日王道："弟子敬重法师德行，深愿常常瞻仰供奉，所以劝留。既然法师这样归国心切，也不敢再留，当随尊便。但不知法师这番归去，将走哪一条道路？如要从南海回去，弟子当预备下船只，并派人相送。"

玄奘道："贫僧上次从中国来的时候，经过西域，有个国叫作高昌国。这国国王乐善好道，知道贫僧西来取经，深为感动，临走的时候，资助十分丰厚，并且亲自远送出境，依依不舍，叮嘱回去的时候，务必再过高昌国走一遭。贫僧常常感念在心，所以这一次回国，还想从北路走。"

戒日王道："这也是法师一片真情，但不知法师这次回去，需要多少资粮？"

玄奘答道："出家人走路，无须资粮。"

戒日王道："这怎么行？"于是叫大臣厚施金钱衣服，鸠摩罗王也送给玄奘许多珍宝，玄奘一概不受，只受了鸠摩罗王一件"曷剌厘岥"，是粗毛中最细的所织，可以在路上防雨。

到了将要出发长行的前一天，玄奘又到那烂陀寺各院前前后后，走了一遍。他在这里留学将近十年了，这座寺院对他说来是十分熟悉，这深深的小院，是戒贤老法师的禅室；这里是他主讲大乘佛法的讲堂，那里是他和师子光曾经辩论过的地方；这一座宏伟的四层高阁，是他曾经梦见金人的地方。还有那座高大的大理石建筑，和雕刻得十分庄严的大理石佛像，玄奘虽也曾在印度请了几尊佛像，总没有这尊佛像雕刻的慈悲大方。这座那烂陀寺，是当时印度佛教文化的中心，里面搜藏了整个佛教世界的经典和著作，这几年来，玄奘把整个生命贡献给它，现在将要离别了，他自然觉得依依不舍。最后，他又一一拜访了那烂陀寺多年来的师友同伴，话别了一番；就中尤以德高望重的戒贤法师，亲自扶了拐杖，送出寺门，如同对自己的子弟一般，对他珍重嘱咐；师子光和慧天二位法师，最近几年来对他如同对自己的兄弟一般，情谊最是深厚，一直送出好几十里，恋恋不舍，都使玄奘念念不忘。

一切就绪，玄奘才拜别了戒日王和鸠摩罗王，随着北印度王乌地，登程向北，开始万里长行。戒日王佩服玄奘之为人，见他分文不受，遂交给乌地王大象一匹，金钱三千，银钱三万，请他务必转送玄奘，作为一路盘缠。二王及众大臣相饯送行，一直送了几十里，还是依依难舍。玄奘在印度日久，为人既好，待人又厚，加以自戒日王以下，所有僧俗人等都敬爱他，所以最后分别之际，各各呜咽不能自已。最后玄奘收泪别了众人，载了佛经佛像，随了北印度王乌地军马，向西北而去。

欲知后事如何，且听下回分解。

第二十八回　千山遥隔故国云封
万水迢递归心似箭

万里长行，归心似箭，玄奘怀着渴念故国的心情，一路走向归程。他来的时候，伟大的印度文化和印度人民，很新奇、很神秘、不可捉摸地展现在他的面前。在印度一住十多年，他一步步认识了印度文化，打开了印度佛教的知识宝库，熟悉了印度各地的人民和风俗习惯，结识了许多印度学者和朋友。印度已经变成他的第二故乡，对于他是那么亲密可爱。可是，现在他要离开这个国度，离开这里的人民了，又怎能令他不依依难舍呢？

他跟着北印度王乌地的大军，骑在象上，不时地回首望望曲女城，望望那烂陀寺。但见天低云平，一重重山，一重重树，阻住了他的视线。到了第五天，忽然后面尘头大起，有一批人马急行赶上，玄奘看时，为首的正是戒日王和鸠摩罗王，快马加鞭，飞奔前来。玄奘又惊又喜，立刻迎上前去，和他们相见。

原来戒日王和鸠摩罗王送别玄奘以后，日夜思念不已。那时交通不便，中国和印度，隔着喜马拉雅山和西藏高原横断山脉，就如同两个世界一般。大家知道这一番离别之后，遂如隔世，不容易再见一面。戒日王思念玄奘，心中想道：玄奘走了不过三天，他带了许多经像，一路行进很慢，去的还不很远，何不赶上去再聚一聚？遂同鸠摩罗王、跋吒王等，各人带了轻骑数百，追了上来。赶了一天一夜，果然赶上，相见之下，非常高兴，诸王紧紧握住玄奘的手，再一次珍重话别，辞意殷勤，使玄奘非常感动，心中想道：世界上最珍贵的，莫过于人类的友谊了，这友谊不分国界，不分种族，无间贫富，不问贵贱。他抬起头来，看了看戒日王，又看了看鸠摩罗王和跋吒王，他们是那样的诚恳，那样的真挚，又是那样的洋溢着友爱、热情；玄奘心中激动，不由地落下泪来。戒日王又恐玄奘一路上旅行不便，派了大官四人，用素帛作书，红泥封印，写给一路所经各国，请他们倒换关牒，发骑递送，一直到大唐边境为止。这一番情意，表现了中印两国之间伟大的友谊。玄奘一路归去，心中感激不已。

　　这一次玄奘回国，是取道北印度，越过大雪山，翻过帕米尔高原，从天山南路，回到中国。他本来还想走北路，绕道高昌国，去看一看高昌国王麴文泰，谢一谢他当年一路相送的情意；可是他一别高昌，已经十七年，原来高昌国因为勾结西突厥，阻碍西方交通，已为唐朝所灭，麴文泰也早已病故。玄奘听了，怅然若失。所以径从于阗国，走天山南路，抄近路回到中国。此是后话，暂且不提。

且说玄奘随同北印度王乌地大军，用大象一匹，载了佛经佛像，一路向西北行去，从钵罗耶伽国起，经过憍赏弥国、毗罗删拿国（现在印度拉奇普他拿 Jalesar 地方），又经过好几国，才到阇兰达罗国，便是北印度王的国都。乌地王十分款待，坚决挽留玄奘，住了一月，临别并且派人送行。西行二十多天，到僧诃补罗国，这时有一百多个和尚，都是北方人，带了经像，同玄奘一起，回到本国。这样大队人马，又走了二十多天，行近丛山地带，在深山涧谷中间行进。这一带地形险恶，常有强盗出没。玄奘恐怕途中遇盗，常派一僧打头站，要是遇见强盗，告诉他们是东土法师远来取经，所带的都是经像舍利，别无财宝，请他们放行，不要另起异心。这边玄奘自己，随后带了大队人马，向前进发，途中虽然有时碰见强盗，但最后都安然渡过。

玄奘愈向西北行，又经过呾叉尸罗国，离迦湿弥罗国（即克什米尔）不远。玄奘来印度的时候，曾在这国说法，国王听说玄奘来近，派人来迎。玄奘因为大象行走缓慢，所带的佛经佛像又多，所以谢了国王，没有前去。在边境停了七天，又西北行三日，到了印度河。这印度河是一条大河，宽广有五六里，玄奘把佛经佛像一起装了上船，叫一人在船上看守经像及印度名花异种，自己则乘象涉水渡河。那印度河河面十分辽阔，但并不很深，看去很是平静。哪知道船到得中流，忽然风波大起，白浪滔天，那船颠动不已，将要沉没，看守经像的人，心中着慌，一不小心，落

⊙ 湿婆雕像。湿婆是印度教三大主神之一，常年在喜马拉雅山苦练修行。

入水中，众人一齐救起，检点物件，已失去五十夹经本及名花异种等。其余经像，幸得保全，然而已经有些打湿了。玄奘在河岸上晒干佛经，暂且不提。

这时迦毕试国王，本在乌铎迦汉荼城，听说中国玄奘法师取经回国来此，亲自到河边迎接。相见罢，致慰问之意。玄奘随着国王，先到乌铎迦汉荼城，住在一所寺内，停了五十多天。因为失去了经本，又派人到乌仗那国补抄迦叶臂耶部三藏。这时迦湿弥罗国王，请玄奘不到，听说法师在此停留，也不远千里，带着轻骑，亲自前来参拜。一连畅谈了数日，方才回去。

玄奘同了迦毕试国王，继续向西北出发，走了一个多月，到了蓝婆国境。国王叫太子先行回去，令国人及众僧办起法幢宝幡，出城迎候；自己则同玄奘缓辔前进。到得迦毕试国都城时，僧俗数千人，出城迎接，鼓乐喧天，幢幡夹道，一来是瞻仰中国法师，二来是迎接本国国王。大家见了玄奘，欢喜礼拜，一路前呼后拥，欢迎进城，住在一所大乘寺。这迦毕试国王，早已听说戒日王在曲女城举行大会，为了对玄奘表示敬意，也特为他做了七十五天无遮大施会。临行的时候，国王又亲自送出国境，在东境又举行了七天大施会，礼节十分隆重。玄奘再三致谢，向东北行，到瞿卢萨谤城，这才与国王握别，向北边出发。国王派了一位大臣，带了一百多人，护送玄奘，渡大雪山。

这大雪山，是西方有名的一座险绝的高山，有大岭三重，其间千山万壑，冰雪塞途，要二十多天，才得渡过。玄奘大队人马，带了辎重粮食，大象负了佛经佛像，一路登山跋险，十分艰难。走了七天，才到大山顶上，这是第一重山，叠嶂危峰，参差万状，山上多有积雪，终古不化。因为山高路滑，大家便下马步行，手里拿着拐杖，踏着冰雪，一步步前进。

又经过七天，到了第二重高山，山下有一所村落，约有一百多户人家，靠游牧为生。玄奘一行，到这里暂时住宿。因为要渡过冰川雪岭，所以半夜即起，请了本地山里居民，骑着山驼引路。看官听说，这山上到处都是冰河雪穴，一不小心，容易陷入冰雪之中，所以一定要当地人引路，方可免于危险。到得天色大明，大队人马才爬上了一半，但见冰天雪地，晶光耀目，被太阳一照，亮得睁不开眼来。后面的人踏着前面的人脚印，犹是雪深没胫。直到天晚，方才得渡冰川之险。检点一下从人，爬过大雪山来的，只有七个僧人和印度及迦毕试二国遣送的使者一共只有二十多人，外大象一匹，骡十头，马四匹。

第二天下到岭底，前望又有一重高山挡路，但见栈道盘云，高峰蔽日，远看一片皑皑白色，好像都是雪山，及至走近看时，原来山顶都是白石。这第三重山最高，大家爬了一天，直到太阳快要下山，方才到得山顶。登上绝顶一望，下面浩浩荡荡，尽是白云，宛似大海一般。山上寒风刺骨，同伴之中，没有一个人能够正立不动。举目四望，但见冰天雪地，寸草不生，只有积石累累，危峰岌岌，因为山高风急，飞鸟都不能渡过。玄奘问时，说这是赡部洲中最高的一座高山，所有诸山，无出其右。现在考起来，这座高山便是有名的哈瓦克山口，即《大唐西域记》所谓婆罗犀那大岭，虽然不是世界最高峰，也确是亚洲有数的高峰之一。

这玄奘法师越过大雪岭，已渐近本国国境，东望家园，依然千里云封，真个是乡思愈切，说不得归心似箭。

欲知后事如何，且听下回分解。

第二十九回　三登帕米尔万山重叠
夜宿大龙池百鸟飞翔

　　过了大雪山，玄奘一行人马，已出了阿富汗国境，到了西突厥的势力范围。玄奘从中国来的时候，曾亲自朝见过西突厥叶护可汗，蒙他颁发护照，并遣使相送，所以这次回去，经过西突厥许多属国，还比较顺利。玄奘下了大雪山，走了数里，有一块小小平地，天色黑了下来，搭起帐篷，大家安息。又走了五六天，方才出了山地，到安呾罗缚婆国，这国是吐火罗国故地（阿富汗东北兴都库什山麓 Anderab 地区），当时是突厥的附属国，周围也有三千多里，都城周围十多里，完全是一座山城，气候比较寒冷。玄奘到时，正值冬令，雨雪霏霏，格外觉得凄冷，他意识到已经离开炎热的印度，到了寒冷的北国来了。这里也有佛寺三所，僧徒数十人，习大众部法；又有一座宝塔，相传也是阿育王所建。玄奘住了五天，便继续向西北出发。

走了四百多里，到了阔悉多国（现在阿富汗国东境 Khost 城），这国也是吐火罗国故地。从此再向西北，越山渡水，又到了活国（现在阿富汗国 Kunduz 城）。这国在葱岭以西，大雪山以北，阿母河以南，原来是哒征服吐火罗全境时建都的地方。玄奘来的时候，曾到过此国，住了月余。这次回国经过，又见了叶护可汗的孙子，他被封在吐火罗，也自称叶护可汗，听见玄奘到来，迎接到宫内，款待一月。玄奘曾见过他的祖父，谈起当年见老可汗围场出猎情形，小可汗十分高兴。临走的时候，并且派遣卫兵，护送玄奘东归。

又经过了鞪健国（现在阿富汗东北巴达克山麓 Doraim 附近），再向东行，便进入帕米尔高原的外围。这帕米尔高原，是有名的世界屋脊，其中万山重叠，幽谷峻险。

玄奘从西向东走，经过了呬摩呾罗国（现在阿富汗国 Kishm 与 Faizabad 的中间地带），又向东走了二百多里，到钵创那国（一作钵铎创那，在中苏交界处），因为天寒大雪，被阻月余，等到风雪稍停，又继续向东北出发。

山行二百多里，到了佉薄健国（一作淫薄健，或作劫薄健，现在阿富汗国 Kokcha 河流域上游 Faizubad 东南，一说在 Jurm 地方）；又东南逾岭越谷，走了一些羊肠小道，行三百多里，到屈浪拿国（即《新唐书》之俱兰，现在阿富汗 Kokcha 河上游之地）。

又从这里向东北走山路五百多里，到达摩悉铁帝国（现在苏联塔吉克共和国南部 Wakhan），这国在两山之间，东西一千五六百里，南北不过四五十里，临着阿母河的上游，完全是一个山谷间的盆地。玄奘发现当地居民眼多碧绿，和别国不同，大概他所看见的人种，便是苏联塔吉克共和国人民的祖先了。

从这里再往东走，便登上了有名的"世界屋脊"——帕米尔高原。

原来这帕米尔高原，一向被认为是一个神秘的国度，直到第七世纪为止，还没有人对这个地区做过任何报道。玄奘是告诉人类有关帕米尔地区情形的第一个旅行家。这里万山丛叠，花岗岩、大理石结成的山峰高到六七千公尺以上，高原上和山谷中结满了冰，在冰天雪地上面，耸立着锯齿状的峰峦。远古时代的冰河融化以后，形成了湖泊和河流。几百万年以来，这些河流注入阿母河的上游，年复一年，冲出了很深的、曲折神奇的峡谷。这些峡谷中自古以来就有人居住，这便是玄奘一路行来所遇见的塔吉克山民部落。

愈往东走，地势愈高，空气也愈感觉稀薄。玄奘溯着峡谷而上，走了七百多里，到了波谜罗川（现在的帕米尔河）。这条波谜罗川，汇合帕米尔诸山之水，东西长一千多里。它在两座雪山之间，又当帕米尔之中，风雪飘飞，四时不断。因为山高气寒，所以树木稀少，山上五谷不生，绝无人烟。

万山顶上，有大龙池（现在卡拉库尔湖，又名大帕米尔湖），这湖高到四千公尺以上，东西三百多里，南北五十多里，湖水异常澄清，其深莫测，因为水深，所以作深蓝色，映着四围皑皑的雪山，非常美丽。玄奘看了一遍，见湖水东西分流，所以他认为这湖是东西的分水界。他在《大唐西域记》里写道：

池西派一大流，西至达摩悉铁帝国东界，与缚刍河（阿母河）合而西流，故此已右，水皆西流。池东派一大流，东北至佉沙国西界，与徙多河合而东流，故此已左，水皆东流。

玄奘这一段记载不一定完全正确，因为他所说的西流之水，就是现在的大帕米尔河，西南流入阿母河；他所说的东流之水，就是现在的伊斯利格河，下游折而西为阿克苏河，也是流入阿母河。这些河流，都隔于葱岭的正脊，不可能与葱岭以东的河流相接。大概玄奘到了大龙池，看见池东西各有一条河，遂推测东面的一条河一定与徙多河相合。但是玄奘究竟不是地理学家，他能够在一千三百多年前，亲自到这些荒无人烟的高山顶上，记下他所得的印象，已经是难能可贵了。

玄奘一行人马，走到大龙池边上，搭起帐篷，稍为休息。这湖虽在高山顶上，但是据玄奘记载，那时候水族极多。玄奘走到湖边散步，但见水天一色，茫无边际，湖水作深蓝色，蓝得有点带墨，映着天边上的雪岭，格外觉得晶莹洁白。湖边上飞起一些水鸟，展着雪白的翅膀，翻飞上下。玄奘心下想道：不料在这穷荒的万山顶上，有这样一处清幽的风景。正想间，他忽然听见一声鸟叫，有一头极大的鸟飞过，落在不远的一个山头上。玄奘一

⊙ 帕米尔高原上的丝绸之路古驿站遗址。

时为好奇心所使，走了过去，约有半里多路，走近山坡。那大鸟见人走近，展翅飞去，约莫有一丈多长，玄奘近前看时，有大鸟产下的卵，大小如瓮。他想起旧称条支国有一种大鸟，产卵极大，或者就是这一种鸟，也未可知。看官听说：条支国的大鸟，明明就是鸵鸟；而玄奘在帕米尔湖所见的大鸟，不可能是鸵鸟，大概是另外一种大鸟。究竟是什么大鸟，还有待于生物学家去研究。玄奘在湖边住宿一宵，便起身前进。从这里往东，渡过葱岭，便进入中国国境了。

欲知后事如何，且听下回分解。

第三十回　逾葱岭法师遇盗
涉山涧大象被溺

话说玄奘一行，从大龙池出发，东向越过葱岭正脊，一路攀登危峰，越过雪岭，走了五百多里，到了揭盘陀国（即塔什库尔干城，现在新疆蒲犁县境，亦名 Sarikol，为古代中印交通的孔道）。这国都城依着大石岭，背临徙多河（叶尔羌河北源），玄奘听当地人说道，这条河东流入盐泽（现在罗布泊），潜流地底，出积石山，为黄河正源。这是从前一般的旧说，现在已经证明，根据地势高低来看，这是不可能的。

揭盘陀国国王，自称是"汉日天种"。据说从前有一位波斯国王，派使臣到中国去娶妇，迎归到此，因为发生战乱，暂时居留于此。这时有一位天神自日中来，和她相会，因而有娠，遂留了下来，筑室建城，自立为国。所以国王还自称为"汉日天种"。这里有一座古寺，是童受尊者所住过的地方，这位尊者是北印度呾叉始罗国人，学问渊博，著书数十部，流传很广，是佛学中的一位大师。当时东有马鸣，南有提婆，西有龙树，北有童受，号为"四日照世"。玄奘在这国停留了二十多天，巡礼了这些遗迹，便向东北继续前进。

一天，正在山道中行进中间，山凹里忽然转出一群强盗，鸣锣呐喊，蜂拥而来。商侣同伴，都吃了一惊，纷纷上山逃避。玄奘跟着大象，护住佛经佛像，向山涧低地落荒逃去。这些强盗都是突厥种，是一群杀人不眨眼的魔王，看见大象背上载有许多东西，以为一定是金银财宝，拼命鼓噪追赶。大象受惊，跑到山涧中间，这山涧中都是乱石，上面承着雪水，有些地方很深，雪水又很冷。大象一不小心，失足跌入深潭，竟被淹死。强盗追到涧边，一看象已落水，再看象背上所载，都是佛经佛像，大失所望，把佛经抛了一地，呼啸而散。玄奘见强盗已经去远，走了过来，看见大象已经淹死，不由地伤心落泪，叹道："你从印度跟我前来，一路千山万水，多亏你驮了佛经佛像，翻过雪山，度过葱岭。现在离我国已经不远，满指望回去以后，好好待你，哪晓得你竟被群贼追赶，在这里淹死，怎不教我伤心！"又看见佛经散了一地，有一部分经本，落入水中，心中不由痛惜起来；也顾不得寒冷，下水去捞救。这时商侣们见贼已去远，渐渐集拢来，帮玄奘收拾佛经佛像，分给骡马驮了，继续前进。

走了八百多里，方才出了葱岭，到了乌铩国（现在新疆葱岭慕斯他格山东麓 Yangi-hessan 之南）；又北行山迹荒野五百多

⊙ 新疆维吾尔自治区塔什库尔干县的石头城遗址。公元 644 年，玄奘回国时，到过这里。

里，到佉沙国（现在新疆疏勒，其旧城在今疏附县，新城在今疏勒县）。

又从这里东南行五百多里，渡过徙多河，越过大山，到沮渠国（一称斫句迦国，现在新疆叶城县 Karghabk 之西）。这国南面有座大山，便是昆仑山，山里多有龛室，印度沙门，往往到这里来静修，日久坐化。据玄奘记载，他去的时候还有三位阿罗汉，于岩穴间入灭心定。又，这里佛法极盛，多大乘经典，十万颂以上的，就有好几十部。

从此行南路，走了八百多里，到了瞿萨旦那国，一路上因为没了大象载运经像，十分困难，所以行进迟缓。

这瞿萨旦那国，是天山南路一个大国，就是汉朝的于阗，现在的和阗。这国周围有四千多里，大部分都是沙漠，仅靠山下河谷两岸，可以耕种，气候温和，多产水果。又出一种地毯，织的非常精巧。山中产白玉黑玉，从古以来，即已著名。

这于阗国，本是天山南路佛教最发达的一个国家，多习大乘，有伽蓝百所，僧徒五千多人。国王自称是阿育王的太子之后，听说玄奘法师从印度取经回来，已到勃伽夷城（在和阗西三百多里），亲自前来迎接。玄奘举目看时，国王骑着白马，戴着王冠，穿着王服，倒也十分威仪。在当地住了两天，国王自己先回都城，叫王子陪着玄奘，慢慢前进，走了两天，又派大臣前来迎接。玄奘一行出发，离城四十里，天色已晚，即住宿下来；第二天就道，国王带了僧俗人等，奏起鼓乐，焚香散花，在路旁迎接。大众欢迎玄奘进城，在小乘萨婆多寺安置。国王坚请多住几时，为大众说法；玄奘遂在于阗开讲《瑜伽》《对法》《俱舍》《摄大乘论》，一日一夜，轮流讲四遍。僧俗来听讲的有上千人，国王也前来听讲。如此一连讲了七八个月。玄奘又因渡河失经，到了于阗，更派人到屈支、疏勒一带，访求经本，所以暂时住下，按下不表。

这时有一个高昌国人，前来于阗，触动玄奘心事，便向他动问高昌国王情形。原来高昌国王麴文泰，虽然提倡佛教，不遗余力，对于帮助玄奘西行取经颇有贡献；但在政治方面，他始终跟着西突厥走，并且千方百计，阻断唐朝和西域的交通。于是唐太宗命侯君集于640年（贞观十四年）率兵数十万，征讨高昌。起初麴文泰还以为唐离高昌七千里，中间隔着沙漠，一定无法用兵，谁知唐兵很快进入高昌，麴文泰听见兵临城下，惊悸而死；他的儿子不久就投降了，高昌国就为唐所灭。玄奘听了，只好放弃他到高昌去的打算，准备从天山南路，直接回国。又想起自己当初出国，本是违禁私自出境，此番取经回来，虽然一路受到各国国王敬重，不知唐朝皇帝可能原谅。踌躇再三，决定先派这高昌国人，随着商队前往长安，陈说自己往印度求法取经，现在回国在于阗待命经过。他的表文大意写道：

沙门玄奘言……玄奘前以为佛教起于西域，流传到了东土，可是虽然传来了佛教，但还缺少教义经典。因此常想奋不顾身，前往取经学习，遂于贞观三年四月，冒触宪章，私自前往印度，经过了浩浩的流沙，渡过了巍巍的雪岭，走过了铁门巉险的道路，绕过了热海汹涌的波涛。从国都长安开始，到王舍新城为止，中间所经的路程，共有五万多里。虽然风俗千别，艰危万重，但是凭恃天威，到处都能顺利通过，仍蒙各国国王厚礼，身体并不遭受辛苦，而心愿得以达到。遂得以登耆阇崛山，巡礼菩提树，见未见之迹，闻未闻之经，穷宇宙之灵奇，尽阴阳之化育，并且宣扬皇风，引导殊俗。历览周游，前后共十七年。现在已经从钵罗耶伽国经过迦毕试国境，越过葱岭，渡过波谜罗川回国，已到了于阗。不幸带来的一头大象途中淹死，而经本又多，因未得鞍马驮载，所以只好在此少停，不能昼夜奔驰，早谒陛下，无任延仰之至。谨遣高昌俗人马玄智随同商队，奉表先闻。

欲知后事如何，且听下回分解。

第三十一回　涉流沙万里归来
回故国百姓欢腾

高昌国人马玄智，替玄奘带来表文，不日来到长安，递到了中书省。中书省接到了表文，知道这事十分重要，立刻呈上。唐太宗看了，隐约还记得十七年以前有个和尚私自出境前往印度之事。使他发生兴趣的，倒并不是玄奘取得了佛经，佛教教义得以流传东土的事情；而是玄奘以一介僧人，渡过流沙，越过葱岭，出入一百余国，来回十万余里，受过各国国王未有的敬重，到过前人所未到的地方。就以这一件事情本身而论，已经是千古奇事。况且取经一事，既有关中外邦交，又有关文化交流，实在非同小可。乃派人前来慰问，亲自降敕迎劳，那敕文写道：

闻师访道殊域，今得归还，欢喜无量。可即速来与朕相见。其国僧解梵语及经义者，亦任将来。朕已敕于阗等道，使诸国送师，人力鞍乘，应不少乏。令敦煌官司，于流沙迎接；鄯善于沮沫迎接。

　　玄奘得到了唐太宗亲笔敕文，心中安慰，即便辞别于阗国王，向东进发。于阗国王准备了鞍马驮乘，亲自出城送行。玄奘带了长长的驼马队，由于阗出发，走了三百里，到了一处大荒泽中。玄奘举目四顾，但见黄沙白草，到处都有人马骸骨，景象非常荒凉。于阗国人告诉他道："从前东国大兵来犯，在这里同我们打了一仗，我国不幸战败，全军覆没于此。"（查《魏书》曾记载此事，说吐谷浑王慕利延为后魏所败，遂入于阗杀其王，死者数万。正是指的这一件事。）玄奘看了，心中嗟叹。又向东去三十里，到媲摩城（现在新疆于阗县策勒村北沙漠中），城中有檀香木雕刻的立佛像一尊，高有三丈多，雕刻的十分生动，具有健陀罗风格，是一件上好的艺术品，据说是释迦在世时憍弥赏国邬陀衍那王叫人雕刻的。玄奘特意前往参观一番。

　　从这里向东，便走入大沙漠，这是新疆最大的沙漠，也叫作大戈壁，比起莫贺延碛，还要大几百倍。数千里间黄沙漠漠，路断行人；而且流沙移动不定，有时狂风起处，卷起漫天灰沙，连天都暗了半边。玄奘在沙漠中走了几天，但见一片茫茫，并无途径，只看人畜遗骸，以为标志。白天看见的是黄沙白骨，夜里看见的是青磷鬼火。这一条路，本是汉通西域的南道，因为魏、晋、南北朝以来，频经战乱；又因为沙漠一天比一天南侵，汉时许多南路小国，都已沦为沙漠，所以数百年来，这一条路绝无人行。

⊙ 尼雅古城，为古精绝国遗址。玄奘取经回国时路过此地。

玄奘一路行来，路上缺乏水草，十分困难。先经过泥壤城（现在新疆民丰县，即尼雅城），又东行四百多里，到了汉时精绝国遗址（现在新疆车尔成），已经半被沙漠掩没，可是城郭遗址，还是清楚可辨。在五六百年前，这里也曾有过高度的文化，可是现在都埋在沙漠里了。

又往东走了六百多里，到折摩驮那故国，便是汉朝的且末国。城郭虽然还在，可是新经战争（唐贞观九年，李靖讨吐谷浑，破其军，侯君集追至且末国西），所以人烟稀少。由此顺着车尔成河向东北行，走了一千多里，到了纳缚波故国，便是唐时的楼兰国，汉时叫作鄯善。这国奉到唐太宗的命令，在境上迎接玄奘。玄奘看见城郭残破，市肆萧条，心中嗟叹。

从这里过了菖蒲海，便是现在的罗布泊；又经过大沙漠，才远远望见了玉门关。

这时玄奘坐在马上，心中思潮起伏，情绪非常激动。他想起十七年前，只身西行，在星光之下，夜间偷渡这关，途中历经千辛万苦，现在总算功德圆满，取经归来了。这十七年中，来回走了十几万里路，饱经了许多忧患，历尽了许多沧桑，现在万里归来，两鬓已经苍苍。这玉门关已经在望，渴念的祖国，渴念的自己同胞，就在眼前了；进了玉门关，就要回到祖国的怀抱了。他望着愈走愈近的玉门关，眼眶里潮润润地，激动的流下泪来。

进了玉门关，便是自己的国土了。官员们迎接他，老百姓欢迎他。玄奘换了鞍乘，载了佛经佛像，打发于阗国的使人及驮马

⊙ 今日莫高窟外的茫茫戈壁。

回去。唐太宗有旨，要地方官厚厚酬劳，但是他们一概不受，辞别自去。玄奘到了沙州，又上表报告行踪。这时唐太宗李世民，正在洛阳宫，准备用兵东征，得到玄奘表文，知道法师已经渐近，便命西京留守左仆射梁国公房玄龄，叫百官出城迎接。这时玄奘初入国门，便听人纷纷传说，唐皇正要出兵东征，问罪辽滨，深恐自己去的迟了，来不及见驾，遂催动坐骑，不分昼夜，兼程而进，贞观十九年正月二十四日，到了长安西边漕上。百官来不及迎接，礼乐也来不及陈设；可是当地百姓，听说玄奘法师西天取经回来，又看见一路驼马成群，络绎不断，满载着佛经佛像，知道消息是实。这时一传十，十传百，登时轰动远近，自然而然，一齐前来，奔凑观礼。长安西郊，满街满巷，都挤满了人。玄奘大队人马，欲进不得，只好暂宿漕上。第二天早上，百官前来迎接，才整队进入长安城，城中百姓，听说玄奘法师从印度取经回来，家家焚香，户户顶礼。

玄奘这次西天取经，请得如来肉舍利一百五十粒，金银刻檀佛像七尊，大乘经二百二十四部，大乘论一百九十二部，上座部经律论一十四部，大众部经律论一十五部，三弥底部经律论一十五部，弥沙塞部经律论二十二部，迦叶臂耶部经律论一十七部，法密部经律论四十二部，说一切有部经律论六十七部，《因明论》三十六部，《声明论》一十三部，凡五百二十夹，总六百五十七部。共用二十匹马，载负而来。这在中印两国文化交流史上，的确是空前的盛举，历来西域求法的僧人虽然不少，但是成绩都没有玄奘这样显著，气魄也没有玄奘这样伟大。后来玄奘都大部分先后译成汉文，以广流传。这是后话，暂且不表。

且说长安府尹当天发下命令，叫所有长安诸寺，把一切宝帐幢幡供养之具，一齐集中，准备迎送佛经佛像，到弘福寺去安置。各寺听令，人人欢欣，个个鼓舞，准备到那一天参加盛大的游行。

欲知后事如何，且听下回分解。

第三十二回　弘福寺安置经像
　　　　　洛阳宫面陈佛迹

话说唐朝贞观十九年（645 年）正月二十八日，长安大小佛寺僧尼数万人，齐集朱雀街，参加盛大的游行，恭送玄奘从印度迎来的佛像佛经，到弘福寺去安置。佛教传入中国，已经六百多年，但是正式到印度去请来佛像佛经，这还是第一次。这时玄奘所得佛经五百二十夹、六百五十七部，用二十匹马分载，连同金银檀刻佛像七尊，如来佛肉舍利一百五十粒，用宝车宝辇载着，上面张着宝帐幢幡，前面是梵乐喧天，后面是香炉成行，大队人马，浩浩荡荡行进。一路之上，到处珠珮流音，满街金花散彩，过了一队，又是一队，参加游行的人，个个精神抖擞；看热闹的人，人人情绪兴奋。

从朱雀街到弘福寺，也有好几十里。因为长安城内看的人人山人海，京兆尹恐怕秩序不易维持，传令约束观众，各在当地焚

⊙ 玄奘画像。此图描绘的玄奘，身负满载佛经的笈，举步向前。

香散花，不得擅自移动。虽然如此，还是拥挤不堪。但见香烟四合，瑞霭氤氲，梵呗震耳，鼓乐喧天。自从佛教传到中国以来，从来没有过这样的盛会。玄奘率领大众，把佛经佛像，送到弘福寺，一一安置，散花礼佛，大众和南，僧俗围绕，都来参拜。一直闹到天晚，方才渐渐散去。

玄奘将佛经佛像安置既毕，便日夜兼程，向洛阳进发，谒见唐太宗李世民。二月己亥，见李世民于仪鸾殿。

玄奘举目看时，这位君王果然气概不同，英武非凡，这时调集了天下兵马，正要御驾东征，见玄奘前来，殷勤慰劳，赐座罢，李世民问道："法师这次西行取经，路上十分辛苦。但不知一路所经，到过多少国家？走过哪些地方？"

玄奘道："贫僧这次西行，总共经过一百二十八国。西出玉门关，从伊吾国起，到迦毕试国止，凡三十六国；翻过了大雪山，从滥波国起，到师子国止，都是五印度地方，凡七十多国。印度以西许多国家，还没有算在里面。"

李世民问道："印度究竟有多大地方？法师这次西行取经，究竟看见了佛迹没有？"

玄奘答道："五印度地方，周围九万多里，三面环着大海，北面背着雪山，北部很广，南部渐狭，是一个半岛地形。贫僧这次西行，亲自到了迦毗罗卫国，礼拜了我佛降生的地方，又巡礼了菩提树，到了鹿野苑，拜了灵鹫山，请了佛像及佛经回来。多亏印度各国国王和臣民，他们待我都很好。"

唐太宗道："法师这番西天取经，能够跋涉长途，历经千山万水，到过殊方异域，终能取得佛经佛像回来，实在是一件不容易的事情。我感觉得十分高兴。"

于是逐一动问玄奘一路所见所闻。玄奘便把从葱岭以西，直到五印度各国气候物产，风俗人情，以及所经沙漠戈壁，冰川雪岭，铁门天险，佛国遗迹，说个大概。

在李世民方面，他原是个英明之君，早有四方之志，他所关心的，是"世界问题"，所以听得津津有味；在玄奘方面，目的在争取皇帝的同情，他所关心的，是"宗教问题"，况且他曾经亲自游历过这些地方，所以讲得亲切有味，格外引人入胜。加以他博闻强记，见识又广，随问随答，有条有理。李世民听得十分高兴，对左右说道："从前秦王苻坚称释道安为神器，满朝的臣子都十分尊重他。现在我看法师词论典雅，见识渊博，不但无愧于古人，而且还远远超过古人之上。"

这时长孙无忌在旁，插言道："陛下说的一点不错。臣读过《三十国春秋》，中间所叙道安事实，确是一位高行博物的和尚。但是当时佛法传来未久，经论不多，道安虽有一些钻研，究竟不过是些枝叶问题。哪里比得上法师亲到过五印度，曾经探本求源，下过一番工夫。"

李世民道："说得正是。"又对玄奘说道："西天佛国，路程遥远，到过的人很少，关于西域各国风土人情，向来很少记载。法师既然亲自到过五印度，走过一百多个国家，应该写一本专书，

◎ 步辇图。唐代画家阎立本作品。贞观十四年（640年），吐蕃王松赞干布派使者禄东赞到长安通聘。本图所绘即是禄东赞朝见唐太宗时的场景。

可以传之久远。"

玄奘听了，点头称是。

这时李世民看见玄奘学识渊博，言辞流利，意思要请他出来做官，遂劝他罢道还俗，助理政事。玄奘哪里肯听，婉言谢道："贫僧从小出家，皈依佛法，不知道有什么孔教。现在如要我还俗，是要我舍己之所长，用己之所短，不但不会有什么功劳，而且还会有妨害。但愿能够终身翻译佛经，以广流传，兼以报答国恩。玄奘不胜感激。"这样再三固辞，世民方作罢论。

这时天下兵马，云集洛阳，军事忙迫，李世民调集大军，本来就要出师，听说玄奘前来，才抽暇引见，交谈之下，不觉日已下山。

长孙无忌奏道："法师停在鸿胪寺，现在天色已晚，再谈下去，恐怕来不及回去。"

世民道："匆匆谈了几句，意犹未尽。朕打算请法师一同东行，一路省方观俗，指麾之外，还可清谈小叙。法师意下如何？"

玄奘辞谢道："贫僧刚从西方远来，兼有疾病，恐不堪陪驾。"

世民道："法师能够走几万里路，远游绝域，现在这一点路程，又算得了什么？"

玄奘道："陛下东征，六军奉卫，这一番吊民伐罪，必然旗开得胜，马到成功。玄奘自度，终无裨助行阵之效，不过虚耗国家钱粮。加以兵戎战斗，照佛门戒律，出家人不得观看；既然佛有此言，不敢不奏。还请陛下原谅，玄奘幸甚。"

于是世民乃取消此意。

玄奘又奏道："玄奘从印度所得梵本佛经六百多部，一部也没有翻译。现在得知嵩岳之南，少室山之北，有一座少林寺，风景清幽，远离红尘，是后魏孝文皇帝所造，便是菩提留支三藏翻译佛经的地方。玄奘想在那里翻译佛经，请陛下定夺。"

世民道："法师不必在山上翻译。自从法师西方去后，朕为穆太后在西京造了一所弘福寺，里面有一所禅院，甚是清静。法师可在那里翻译。"

原来李世民有意要笼络玄奘，加以供养，来争取全国的佛教徒，巩固他的封建统治，所以无论如何，不肯放他到少室山去。当下对玄奘说道："法师可先在这里休息三五天，再回到西京，就住在弘福寺；诸凡一切需要的东西，可同房玄龄商量办理。"

玄奘谢恩，起立告辞，在洛阳小住几天，遂回到长安。

欲知后事如何，且听下回分解。

第三十三回　集名僧翻译瑜伽论
奉帝旨修撰西域记

　　话说玄奘辞别了李世民，于三月间回到长安，当即搬入弘福寺居住。多年来奔波的生活，到此告一段落；但是一个更重大的任务，在等着他去完成。他带回来的佛经，共五百二十夹，六百五十七部，其中一小部分当时虽已有过翻译，但是不能令人满意，还有一大部分，根本还没有翻译过。玄奘的任务，便是将这些梵文经论，逐部翻译作汉文，把印度的佛教哲学和印度文化，全面而有系统地介绍给中国。

　　这是一个严肃而又十分繁重的工作。玄奘回到长安，一切布置就绪，便聚精会神，计划翻译佛经。他考虑到这一翻译工作十分浩大，非有一定的组织，建立一定的制度，不能成功；又鉴于过去翻译佛经，往往文义晦涩，词不达意，必须改进翻译的程式，改善翻译的方法，所以提出"五不翻"论，作为翻译的准绳。计划已定，遂上了一个条陈给李世民，列举所需翻译人员、助理人员、录事，以及纸墨笔砚等，先送给留守房玄龄。房玄龄不敢擅自作主，派人连夜送到定州行在启奏；李世民下旨，依照玄奘所开名单供给，一定要做到十分齐全。于是先征集国内一批名僧，作为"证文"方面的翻译人员。这一批名僧，都精通大小乘经论，为当时所推重，共一十二人，名单如下：

　　弘福寺沙门灵润、沙门文备；

　　罗汉寺沙门慧贵；

　　实际寺沙门明琰；

　　宝昌寺沙门法祥；

　　静法寺沙门普贤；

　　法海寺沙门神昉；（以上长安）

　　廓州法讲寺沙门道深；

　　汴州演觉寺沙门玄忠；

　　蒲州普救寺沙门神泰；

　　绵州振音寺沙门敬明；

　　益州多宝寺沙门道因。

又征集"缀文"方面翻译人员名僧九人，名单如下：

　　普光寺沙门栖玄；

　　弘福寺沙门明濬；

　　会昌寺沙门辩机；（以上长安）

　　终南山丰德寺沙门道宣；

简州福聚寺沙门静迈；

蒲州普救寺沙门行友；

栖岩寺沙门道卓；

豳州昭仁寺沙门慧立；

洛州天宫寺沙门玄则。

此外又请一位精通文字学的名僧，便是西京大总持寺沙门玄应；一位精通梵语梵文的名僧，便是西京大兴善寺沙门玄謩。这二十三人，便是玄奘翻译佛经的基本组织，也可以说是编译委员会。此外录事、书手及一切应用材料，都已齐全。于是到了六月丁卯，玄奘遂正式举行开始翻译佛经仪式，先请出《菩萨藏经》《佛地经》《六门陀罗尼经》《显扬圣教论》四部，逐部翻译。到了年底，四部都已译成汉文。

翻译的工作进行得很顺利。到了贞观二十年（646年）春天，玄奘又开译《大乘阿毗达磨杂集论》，到二月译毕，这才开始译《瑜伽师地论》，这一部是佛家哲学中最重要的著作，玄奘郑重将事，一时还未能译完。到了七月辛卯，玄奘先把新译经论五部五十八卷，叫人恭楷缮写一道，勒成八函，诣阙奉进，并上表请李世民亲自作序一篇，还请他御笔亲写序文。一来是因为李世民是个有名的书法家，二来也是借以表示皇帝提倡的意思。

在这期间，玄奘又亲自口述，叫门人辩机笔录，写成了《大唐西域记》十二卷，把他离乡一十七载，历程十万余里，亲历或所闻一百二十八国，参照印度记载和各国文献，都整理记录下来。

⊙ 唐太宗李世民画像。玄奘由印度求法归来后，唐太宗（598—649年）对其译经事业大力资助，并亲撰《大唐三藏圣教序》。

这辩机年青聪明，博闻强记，玄奘加意培养，时刻不离左右，凡玄奘口授，他都用心写下。这一部书，重点是记载印度各地山川气候风土人情。玄奘记印度地理说道：

五印度之境，周九万余里，三垂大海，北背雪山。北广南狭，形如半月。画野区分，七十余国。

又记载气候风土说道：

时特暑热，地多泉湿。北乃山阜隐轸，丘陵潟卤。东则川野沃润，畴陇膏腴。南方草木荣茂。西方土地硗确。

又记载印度文字教育说道：

详其文字，梵天所制，原始垂则，四十七言。遇物合成，随事转用。流演枝派，其源浸广。因地随人，微有改变，语其大较，未异本源，而中印度特为详正。……

而开蒙诱进，先遵十二章。七岁之后，渐授五明大论：一曰声明（释诂训字）……二曰巧明（技术历数）……三曰医方明（禁咒药石）……四曰因明（逻辑）……五曰内明（究畅五乘因果妙理）……

年方三十，志立学成，既居禄位，先酬师德。……

玄奘对于印度社会制度，也极为注意，详细记载它的四个阶级（婆罗门、刹帝利、吠奢、戌陀罗，即僧侣、诸侯、商、农）和风俗习惯。所以这部《大唐西域记》的价值，还远在玄奘所译佛经之上，中亚及印度各国历史，赖以保存者不少。后来《大唐西域记》译作各国文字，大家公认是世界旅行家最有价值的著作之一。

玄奘完成《大唐西域记》之后，又把中国哲学的经典著作《老子》，译成梵文，介绍给印度；同时还把印度方面久已失传的《大乘起信论》，从汉文还译成为梵文，保存了印度古代佛教哲学经典的著作。这些翻译的工作，对于中印两国文化交流，起了极其重大的作用。所以印度柏乐天教授说道："他的翻译……是中印两大民族的共同遗产。"

公元648年（唐贞观二十二年）夏天，玄奘翻译《瑜伽师地论》告成，凡一百卷。这时李世民已从东征回京，正在玉华宫避暑，忽然想起玄奘，派人请他前来相见。又恐他路途劳顿，玄奘已经出发在道，又屡派使者叫他慢慢行进，以免路上辛苦。

玄奘到了玉华宫，看见山环水绕，一片幽篁绿竹，中间拥着一座行宫，红墙碧瓦，和青山绿水，相映成趣。太监进去通报，世民便请在别殿相见，赐茶罢，世民道："朕在京苦于酷暑，所以到这里来避暑。这里泉石清幽，精神较好，可以料理政务。这几天因为想念法师，所以特请法师前来。路上一路辛苦。"

玄奘道："承蒙相召，甚是感激。区区微劳，何足挂齿？贫僧前译佛经五部五十八卷，送呈御览，并请陛下作一篇序文，不知已经过目否？"

世民道："已经大致看了一遍。因为政务繁忙，序文还没有动笔。"

玄奘道："现在陛下在这里避暑，万机之暇，还请陛下执笔作序，以广流传。"世民当下答应。

欲知后事如何，且听下回分解。

第三十四回　尊佛法亲制圣教序
隆恩遇敕赐袈裟衣

话说唐太宗李世民在玉华宫避暑，与玄奘闲谈。世民问道："法师近来翻译什么佛经？"

玄奘答道："近来正在翻译《瑜伽师地论》，已经译完，共一百卷。"

世民道："这书有一百卷之多，是一部大著作了，是哪一位圣人所说？内容是些什么？"

玄奘答道："是弥勒菩萨所说，说明十七地义。"

世民问道："什么叫作十七地义？"

玄奘答道："十七地义是五识相应地、意识相应地；有寻有伺地、无寻唯伺地、无寻无伺地；三摩呬多地、非三摩呬多地；有心地、无心地；闻所成地、思所成地、修所成地；声闻地、独觉地、菩萨地；有余依地、无余依地。"

玄奘说完，并且举纲提目，略述十七地义范畴，陈列大义。那李世民天赋聪颖，一听就已领会大概，遂即派人到京取《瑜伽论》，详细阅读。见这一部书词义宏远，真是闻所未闻，因叹息道："朕观佛经，真好像瞻天瞰海，莫测高深。法师能于异域，得这佛法，真是可佩。"遂叫秘书省抄写新译佛经，一共九本，分给九州各一本，使辗转抄写，以广流传。

李世民本来已经答应过玄奘，作一篇新经序文，因为政务繁忙，还未执笔；到了此时玄奘乘机再请，遂亲自动笔，写成《大唐三藏圣教序》，凡七百八十一字，并且御笔亲书，叫刻在众经之首。他回到长安，大会百官，御庆福殿，赐玄奘坐，叫弘文馆学士上官仪，把所制序文，当着百官朗诵一遍。这一篇序文，是用骈文体裁，文章做得固然不错，写得尤为出色。其中说玄奘立志取经，百折不回一段，最为精彩，写道：

……凝心内境，悲正法之陵迟；栖虑玄门，慨深文之讹谬。思欲分条析理，广彼前闻；截伪续真，开兹后学。是以翘心净土，往游西域，乘危远迈，杖策孤征。积雪晨飞，涂间失地；惊砂夕起，空外迷天。万里山川，拨烟霞而进影；百重寒暑，蹑霜雨而前踪。诚重劳轻，求深愿达，周游西宇，十有七年。穷历道邦，询求正教。双林八水，味道餐风；鹿苑鹫峰，瞻奇仰异。承至言于先圣，受真教于上贤。探赜妙门，精穷奥业。一乘五律之道，驰骤于心田；八藏三箧之文，波涛于口海。……

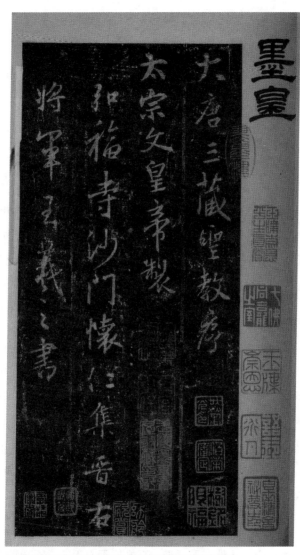

⊙ 唐代怀仁集王羲之行书《大唐三藏圣教序》拓本。

最后说他立志翻译佛经，总将"三藏"要文，凡六百五十七部，译布中夏，宣扬胜业。

这篇文章，因为后来集王右军字，刻成碑帖，藏在大慈恩寺，所以流传更广。

实在李世民本人，并不相信什么佛教。他曾在这以前不久，手诏萧瑀，数他的罪状说道："朕于佛教，非意所遵，求其道者，未验福于将来；修其教者，翻受辜于既往。"并列举梁代的武帝、简文帝父子，都相信佛法，但都得不到什么好结果，一个饿死台城，一个亡国杀身，可见因果报应，都是一些空话；并且责备萧瑀，既要自请出家，又要出尔反尔，所以把他贬官削爵，作为惩罚。但是他对于玄奘译经一事，又为什么这样推崇备至呢？这是有好几个原因的：第一，玄奘伟大的人格，他西行取经冒险牺牲百折不回的精神，感动了李世民。第二，印度佛教哲学，博大精深，作为一种文化交流，是值得提倡的。第三，李世民究竟是一个政治家，他所关心的是他的封建统治巩固的问题。唐朝初年，佛教徒人数相当之多，势力也相当大，为了借佛教的力量，来麻醉人民，来巩固他的封建统治，虽然自己并不相信佛教，但还是要在表面上提倡佛教。为了表示他对玄奘的敬意，时常有旨叫增加供给，玄奘所用的衣服卧具，也常常叫人换易新的。到了这年秋天，又特送玄奘袈裟一领。这件袈裟，是内库所藏至宝之一，据说价值百金，从外表看起来，真好比天衣无缝，不知针线从何处出入。原来内库之中，多有前代留下来的袈裟，李世民看了以后，都不中意，特地自叫后宫，裁制袈裟一领，连绣带缝，做了一年多工夫，方才成功。这次拿来送给玄奘，另外并施给剃刀一口，以表示他无比推崇的意思。玄奘领了，上表称谢。

欲知后事如何，且听下回分解。

第三十五回　香花宝盖齐集慈恩寺
　　　　　黄绢青灯遍译贝叶经

话说唐朝时候，佛教盛行，王公大人为了纪念死去某人，"追荐冥福"，往往大兴土木，起造佛寺。贞观末年，皇太子李治，为他生母文德皇后追荐冥福，特地造了一所大慈恩寺（既现在西安大雁塔）。这寺规模十分宏大，凡有十余院，总共一千八百九十七间，真个是重楼杰阁，复宇连云。另外在寺内造了一所翻经院，请玄奘法师在里面居住，翻译佛经，并请他担任上座（便是方丈），总理寺务。起初玄奘辞谢，经不起皇太子再三固请，只好担任下来。

到了贞观二十二年十二月，那座大慈恩寺已经落成，朝廷颁下敕旨，叫太常寺卿江夏王道宗，把九部乐乐队，以及万年令宋行质、长安令裴方彦，各率本县乐队，会同诸寺幢帐，齐集安福门街，迎佛经佛像，并送玄奘法师入大慈恩寺居住。大内又发下绣画佛像二百多幅，金银佛像两尊，金缕绫罗幡五百面，先一日到弘福寺，准备参加游行。

第二天天气正好，风和日丽，大家精神抖擞，齐集弘福寺前面，先请出玄奘从印度所请得佛经佛像舍利等，凡金银檀刻佛像七尊，舍利子一百五十粒，连同大内所发下金银佛像二尊，一共安置于九部宝车之上，上面都张着宝帐，这是游行队伍中的主要部分。在这九部宝车前面左右两边，各列大车一乘，车上竖着长竿，竿上悬着旗幡，车中供着狮子神王等像，作为前驱。再前是各寺参加迎佛赛会的队伍，有鱼龙曼衍等幢戏一千五百多起，宝帐盖伞等三百多件。

这幢戏是当时在街头演出的一种民间戏曲，包括杂技在内，有耍龙灯、狮子舞、踩高跷、走绳索、掷跳丸等各式各样表演，是游行队伍中最精彩的部分。佛经佛像后面，是宝车五十辆，载着各位高僧大德。然后是大队和尚，手里各自拿着香花，口里一齐念着梵呗。再后面才是文武百官，各各带了侍卫，排着仪仗，跟着前进。更有太常九部乐乐队，夹着两边；二县音乐队，跟在后边。

这一个迎佛赛会大游行，参加人数有十万人以上，队伍延长了两三里。一路上长幡宝盖，浮空耀日，钟鼓梵呗，喧天震耳。皇太子预料到人数众多，恐秩序不易维持，又派了尉迟绍宗，率领东宫兵一千多人，作为卫队，保护着游行队伍，缓缓前进。皇太子自己，陪着父王李世民，同着后宫妃嫔多人，登上了安福门的门楼，远远地看游行队伍。

这一天又轰动了长安城，看的人成千成万。游行队伍经过的地方，家家门口焚起香炉，点起蜡烛，比起上次迎佛经佛像到弘福寺去，还要热闹几分。

佛经佛像迎到了大慈恩寺，寺门上悬灯结彩，大队人马通过一重重大门，一直送到大殿上供奉安置。这时殿上奏起九部乐，庭中演起破阵乐舞及百戏杂技，看的人挤满了院子。热闹了一天，方才散去。

过了几天，皇太子排了仪仗，带了百官，前来礼佛。又在寺中巡游了一遍，拜见了玄奘法师，坐了一会，然后带着群臣出寺，还宫不表。

再说唐太宗李世民，于贞观二十三年（649年）五月驾崩，皇太子李治即位，便是唐高宗，下诏改元永徽。玄奘参加治丧罢，回到慈恩寺。自此之后，他决定专心致力于翻译佛经，不肯抛弃寸阴。他觉得上半世一心一意，冒险西行，为的是取经；现在经是取回来了，下半生自己崇高的责任，便应该是翻译佛经了。于是每天自己立下课程，辛辛苦苦，从事翻译；若白天有事不能翻译，他必定在夜间补译，直到二更方才停笔，然后焚香礼佛。一天功课既毕，到三更始睡。第二天五更即起，诵读梵本，加以朱笔圈点，并计划当天如何翻译。晚斋既罢，还要开讲新经新论。

玄奘名声既大，天下各州听讲僧徒，不时还要前来请教，解答疑问。玄奘也尽量教育后辈，培养青年学者。在许多门弟子中

⊙ 西安大雁塔。又名慈恩寺塔，玄奘曾在这里专门从事译经和讲经。

间，对他帮助最大，受他感化最深的，要算辩机、慧立、道宣三人，他们都对译经事业，做出很大贡献。此外他既担任了大慈恩寺方丈，便有许多杂务要加以处理；到天晚这些人等散去，又有本寺弟子一百多人，都来请益，满廊满庑，站的都是人。玄奘一一酬答处理，十分周到，虽然事务的确纷繁，他却做得有条不紊，一点也不显得忙乱。得暇的时候，还和各位高僧谈一谈西方各种佛学派别，佛教以外各种宗教，以及自己年轻的时候周游五印度各国有趣故事，高谈阔论，一点也不觉得疲倦。

在这一个时期，是他翻译佛经进展最快的时期。到了显庆二年（657年）年底，已前后共翻译成佛经六百多卷。他翻译佛经，也定出一个先后次序：大抵从前中国没有的先翻，已有的后翻；经典著作先翻，次要著作后翻。他定下了翻译计划，还作出了工作进度，勤勤恳恳，从事翻译。他下笔的时候，一字不苟，往往斟酌再三，对于原文意义，务求不失其真，对于行文用句，又务求通俗易晓。这样，他便把印度的佛教哲学，有系统地、全面地介绍到中国，而成为世界上最伟大的翻译家。他对后世影响最深的，还是他的翻译事业。

欲知后事如何，且听下回分解。

第三十六回　千古垂典浮图永固
　　　　　万里传书友谊长存

　　话说玄奘法师，正在排定课程，翻译佛经。有一天功课完毕，正在经堂静坐，忽然心血来潮，想起自己壮年时代，到印度去一趟，取来的佛经佛像；当时经过千山万水，历经千辛万苦，得来真不容易，假若不设法好好保存，万一不幸遭遇意外，岂非一番苦心，尽付东流？又想中国建筑，大多数是木构，容易遭受火灾。他到过印度，看见过印度的石塔，不但建筑形式，异常美观，而且结构坚固，历劫不磨。于是他决定仿照印度"窣堵波"式，建一座石浮图，高到三百尺，在石龛中，供奉释迦佛舍利，在石室中，保存从印度迎来的佛经佛像。这时在他的想象中，出现了一座耸天的石塔，这一座石塔非常庄严宏丽，集印度阿育王时代所建石塔的大成，上面宝刹连云，金轮耀日；中间五岳浮图，耸然并峙；下面是金刚宝座，雕刻诸天佛像，法相庄严，崇阶嵯峨。

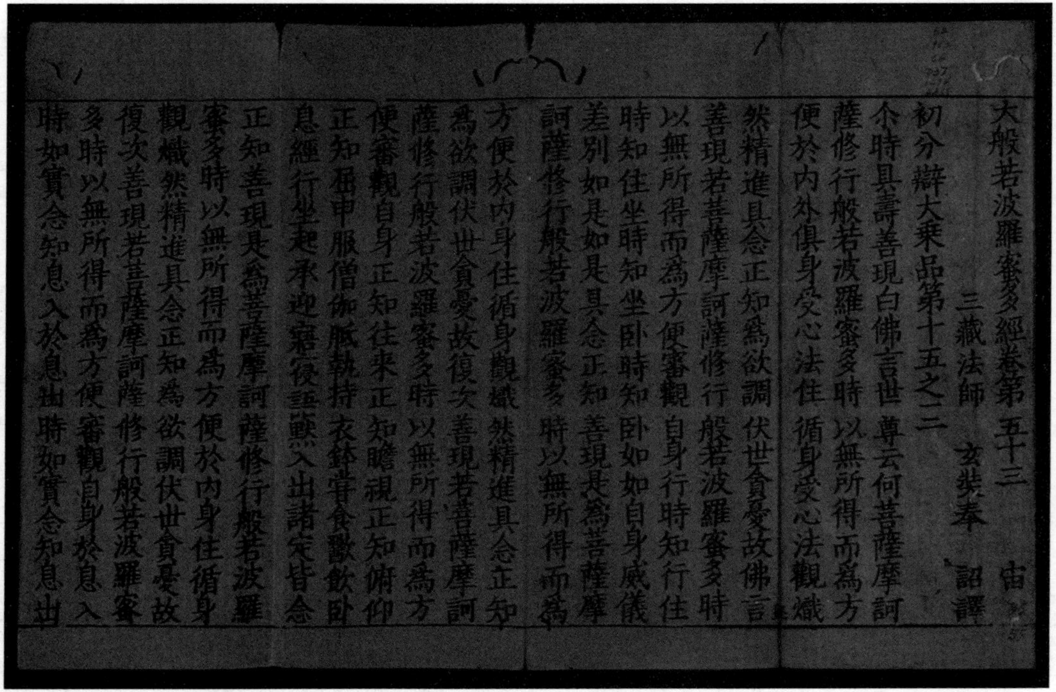

大般若波羅蜜多經卷第五十三　宙
三藏法師　玄奘奉　詔譯
初分辯大乘品第十五之二
尒時具壽善現白佛言世尊云何菩薩摩訶
薩修行般若波羅蜜多時以無所得而爲方
便於內外俱身受心法住循身受心法觀熾
然精進具念正知爲欲調伏世貪憂故佛言
善現若菩薩摩訶薩修行般若波羅蜜多時
以無所得而爲方便審觀自身行時知行住
時知住坐時知坐卧時知卧如如自身威儀
差別如是如是具念正知善現是爲菩薩摩
訶薩修行般若波羅蜜多時以無所得而爲
方便於內身住循身觀熾然精進具念正知
爲欲調伏世貪憂故復次善現若菩薩摩訶
薩修行般若波羅蜜多時以無所得而爲方
便審觀自身正知往來正知瞻視正知俯仰
正知屈申服僧伽胝執持衣鉢嘗食歠飲卧
息經行坐起承迎寤寐語默入出諸定皆念
正知善現是爲菩薩摩訶薩修行般若波羅
蜜多時以無所得而爲方便於內身住循身
觀熾然精進具念正知爲欲調伏世貪憂故
復次善現若菩薩摩訶薩修行般若波羅蜜
多時以無所得而爲方便審觀自身於息入
時如實念知息入於息出時如實念知息出

⊙ 玄奘奉诏译《大般若波罗蜜多心经》卷第五十三（刻本，局部）。

玄奘合掌念佛，欢喜不已。三更过后，万籁俱寂，这时悠悠荡荡，传来午夜的钟声，惊醒了玄奘的幻梦。他看见黄卷青灯，猛然想起现实中的困难来：要建筑这样一座石塔，不但工程浩大，而且各色匠人，要行行俱全，丹青雕刻，还要罗致名手，自己一个出家人，如何担当得起？说不得还要奏请皇上，由公家担任营建。主意已定，便连夜草下奏章，预备次日当朝呈上。

永徽三年（652年）三月初三日，唐高宗上朝，玄奘当即呈上奏章。高宗看了，交中书省核办。过了二日，中书舍人李义府来拜；玄奘请进方丈，敬茶罢，李义府说道："已请过圣旨：石塔工程浩大，恐一时难于完工，还是用砖造的好。但是砖塔工程，也还是不小。可是不必法师费心，圣上已敕大内东宫掖庭等七宫亡人衣服饰物，拿来帮助法师，兴建砖塔，想来还可以够用。"玄奘谢了李义府，心中高兴，就即刻亲自动手，绘制图式，并传集寺中执事僧人，采办砖石，鸠工兴建。一切准备齐全，玄奘就令择吉开工。先就慈恩寺西院，相度地势，建筑塔基，每面各长一百四十尺，完全仿印度塔式，与中国一般木塔不同：塔共有五级，连塔顶的相轮露盘，凡高一百八十尺；每一层中心，都设石龛，中间供奉舍利，或一千，或二千，共有一万余粒。最上的一层，完全是石室。塔的南面，立起两座大碑，上面分别刻着唐太宗李世民和高宗李治的《三藏圣教序记》，是唐朝有名的大书法家褚遂良所写的。这一座宝塔，因为工程浩大，前后建了二年，方才完工。这便是有名的慈恩寺塔，今天叫作大雁塔。

⊙ 武则天画像。武则天（624—705 年）实际掌握最高权力以后，大力提倡佛像，佛教在唐代达到全面兴盛。

可是到过西安大雁塔的人，都知道今天的大雁塔并不是印度式。这其中有一段缘故：原来玄奘所建的塔，确是仿的印度"窣堵波"式；可是到了嗣圣年间（684—704年），旧塔崩坏，武则天娘娘和一些王公大人，施钱重建，高到十层，叫作"大雁塔"（雁塔的意思，是因为从前达嚫国有迦叶佛伽蓝，穿石山作塔五层，最下面一层作雁形，所以叫作雁塔）。唐朝的大诗人杜甫，和他的诗友岑参、高适等都曾经登上这座宝塔，作诗唱和。后来经过多少次战争兵火，止余七层。唐朝的进士，在考取以后，都要到慈恩寺塔去题名，叫作"雁塔题名"；历经宋、元、明、清，都保存这个旧制，所以塔的前面，到处都是碑碣。此是后话，暂且不提。

却说印度方面，自从玄奘法师回国以后，有许多师友们时常在怀念他，一来觉得他学问渊博，造诣高深，的确令人佩服；二来感到他待人接物，态度诚恳，和蔼可亲。那烂陀寺的僧众，更无时不在想望他的议论和风采。其中有玄奘的两位老同学，一个是师子光，一个是慧天，对他尤为景仰。师子光是戒贤法师的高足弟子，于大小乘及一切印度各派学说，莫不洞达，五印度学者，都所共仰；慧天于小乘十八部研究很深，融会贯通，也算得是一位有名的学者。玄奘在印度的时候，常和他们一起研究，只因起初师子光拘守小乘，怀有偏见，玄奘常加以开导，并对他十分团结；后来在曲女城说法大会上，又加以折服，师子光虚心接受意见，甚是感激。自从曲女城分手之后，一别十余载，二人怀念玄奘，时刻不忘；可是千山万水，又无法表达一点怀念之情。最后二人决定，特派一位和尚，叫作法长，将书一封，和赞颂玄奘的诗，另送印度特产棉布两匹（那时中国还没有棉布），作为礼物，跋涉万里长途，一直送到长安。玄奘见了法长，感动得说不出话来，他用颤动着的手，拆开信封，一行一行读了下去，里面写道：

微妙吉祥世尊金刚座所摩诃菩提寺，诸多闻众所共围绕上座慧天，致书摩诃支那国于无量经律论妙尽精微"木叉阿遮利耶"（指玄奘），敬问无量少病少恼。我慧天苾刍（慧天自称）今造《佛大神变赞颂》及诸经论比量智等，今附苾刍法长将往。此无量多闻老大德阿遮利耶智光（指师子光），亦同前致问邬波索迦日授，稽首和南。今共寄白氎一双，示不空心。路远莫怪其少，愿领。彼须经论，录名附来，当为抄送"木叉阿遮利耶"，愿知。……

这一封信，表示了一千三百多年前中印两国人民的真诚友谊。玄奘接见了法长，一时悲喜交集，从前在印度游学各种情景，又都涌现脑际；可是关塞遥隔，宛如另一世界。动问之下，知道戒贤法师已经圆寂。玄奘在那烂陀寺的时候，受戒贤法师的教育最深，他崇高的人格，他渊博的学问，以及临别时亲自扶杖送他对他谆谆的叮嘱，永远给他不可磨灭的印象，这时听见他已经去世，心中不胜悲痛。他苦留法长，在长安住了二年，到永徽五年（654年）二月，方才回去。法长向玄奘要回信，玄奘写了两封回信，一致师子光，一致慧天，并各附信物。这两封信中，充分洋溢着中印两国人民之间的友谊，和玄奘的一片向往之诚。他写给师子光的信大意说道：

> 大唐国苾刍玄奘，谨修书中印度摩揭陀国三藏智光法师座前：自一辞违，俄十余载，境域遐远，音徽莫闻。思恋之情，每增延结。彼苾刍法长至，蒙问，并承起居康豫，豁然目朗，若睹尊颜。踊跃之怀，笔墨难述。节候渐暖，不审信后何如？又往年使还，承正法藏大法师（指戒贤法师）无常，奉闻摧割，不能已矣。呜呼，可谓苦海舟沉，天人眼灭，迁夺之痛，何期速欤？……玄奘昔因问道，得预参承，并荷指诲，虽曰庸愚，亦蒙依麻直。及辞还本邑，嘱累尤深。殷勤之言，今犹在耳。方冀保安眉寿，式赞玄风，岂谓一朝，奄归万古，追惟永往，弥不可任。伏惟法师夙承雅训，早升堂室，攀恋之情，当难可处，奈何奈何！

最后并述说自己致力翻译佛经，以及流传邻国情形，并把渡印度河时所失佛经一驮，开列目录，希望将来有便，请设法抄送托人带来。另外写给慧天法师一信，内容大同小异。从这些信札里，可以看出一千三百多年前中印两国几位法师之间交情的深厚，虽然万水千山，关塞遥隔，但是阻隔不了两国人民之间的友谊和文化的交流。这里玄奘送别法长，直送到十里长亭，才再三珍重道别；一直到法长走的看不见了，才洒泪回去。

欲知后事如何，且听下回分解。

第三十七回　众学士润饰译文
薛夫人舍身受戒

话说玄奘送别了法长之后，回到慈恩寺，继续翻译佛经。到了显庆元年（656 年），已经完成大部分。他从贞观十九年开始译经，到这时已历十二年，还是孜孜不倦。

一天，黄门侍郎薛元超，中书侍郎李义府，前来拜会玄奘，看他手不释卷，笔不停挥，专心致志，正在整理译文。二人坐下，因动问道："翻译佛经，固然是法门盛事；但不知除此之外，更有何事可以光扬佛法？又不知古来翻译佛经，有什么仪式？"

玄奘答道："翻译佛经，说来容易，其实很难。因为佛经意义深奥，要译得通畅易晓，极为不易。至于译经仪式，历代都认为是一件大事。汉魏遥远，暂且不论。自从苻秦以来，僧人翻译佛经，往往得到当代明君贤相的帮助。"

二人道："法师博古通今，愿闻其详。"

玄奘道："苻坚的时候，昙摩难提翻译佛经，有黄门侍郎赵政执笔。姚兴的时候，鸠摩罗什翻译佛经，有姚王及安城侯姚嵩执笔。后魏的时候，菩提留支翻译佛经，有侍中崔光执笔，并且还作了一篇序。到了本朝贞观初年，波颇罗那翻译佛经，敕左仆射房玄龄、赵郡王李孝恭、太子詹事杜正伦、太府卿萧璟等详细校阅。这都是历朝翻经盛典。

可惜当今盛世，反付阙如。还有一件事：慈恩寺为文德圣皇后营建追福，规模宏大，可惜还没有一篇碑文，传之后世。二位大人如要显扬佛法，最好能在皇上面前，代为一言，实在是一件大功德事。"

二人听了点头，当下应允；又看了看玄奘所译佛经，方才作别而去。

第二天早朝，二人代为陈奏，唐高宗听了，一一照准。过了几天，传下旨来，叫中书令崔敦礼宣读。敕文大意，是说玄奘正在大规模翻译佛经，翻译的时候，文义必须精确，辞意务求畅通，宜令下面几位学士，代为校阅润饰。是哪几位学士？

太子太傅尚书左仆射燕国公于志宁

中书令兼检校吏部尚书南阳县开国男来济

礼部尚书高阳县开国男许敬宗

黄门侍郎兼检校太子左庶子汧阴县开国男薛元超；

中书侍郎兼检校右庶子广平县开国男李义府

中书侍郎杜正伦

假若还需要学士，可再酌量添两三人。罢朝以后，高宗又派

⊙ 普贤菩萨画像。普贤菩萨为大乘佛教的四大菩萨之一，与文殊菩萨相对应，为释迦牟尼佛的左、右胁侍。

内给事王君德来见玄奘，说道："法师要求派文人帮助翻译佛经，已经派定于志宁等六位学士，叫他们前来执笔。至于《大慈恩寺碑文》，必须寡人自修，不知道称不称法师之意？"玄奘听了，十分高兴。第二天带了徒众，亲自诣阙谢恩。自此于志宁等一班文学之士，都在慈恩寺帮助玄奘润饰译文。所以玄奘翻译的佛经，比较辞意畅通，文理并茂，是有这一段来历的。

这时有一位才女，叫作薛宝乘，是隋朝襄州总管临河公薛道衡之女。薛道衡在隋时是一位饱学之士，名望极高。他的女儿也是家学渊源，不但博通经史，而且兼擅文才，年轻的时候，被选入宫，嫁给唐高祖李渊，做了一名婕妤。她本是一位多情的姑娘，自从进宫以后，伴着李渊这个老头子，而且住在深宫永巷之中，连见面的机会也是很少，因此不免常常临风洒泪，对月长吁。在深宫里面，她熬过了一些漫长的岁月。唐高宗年幼的时候，曾受过她的教育，后来即位之后，待她以师傅之礼，封为河东郡夫人，礼敬十分隆重，朝野都称她作薛夫人。

夫人自顾年轻的时候蹉跎了青春，到了中年以后，更阅尽了世故。她看见武后当权，宫闱黑暗，唐高宗的原配王皇后和萧贵妃，都为武后所害，为了耳根清净，远离是非之场，她决心出家，情愿落发为尼。唐高宗再三劝阻，无奈她主意已定，随人怎么劝说，再不肯听。高宗无法，只好听她出家，并特为她在禁城之内，造了一所鹤林寺，请她在里面修行。到了她出家的那一天，敕迎玄奘法师和九位高僧，各人带了一位随从，进入大内，径赴鹤林寺，为薛夫人落发受戒。又传下命令，叫预备好宝车十乘，"音声车"（音乐车）十乘，在宫城景曜门口等着。先派人骑马到慈恩寺，来请玄奘。玄奘接旨，觉得薛夫人要求出家，其中定有一段缘故，但是度僧尼出家，也是他本分以内的事情，自然不容推辞，即刻传齐九位高僧，各带随从，到了宫城景曜门前，一齐下马，进了宫门，改乘宝车，各位高僧居前，音声车居后，迎进大内而来。

这时正是仲春天气，风和日丽，禁城之内，桃红柳绿，经过了几处院落，但见青松翠柏，与锦轩紫盖，交相映蔚。又经过了御花园，转过了一些亭台楼阁，方才到了鹤林寺。宫娥等请玄奘法师和各位高僧，在别馆暂息。正殿上设下了坛席，请出了薛夫人，同时宫女出家的有五十多人，都请玄奘法师授戒。布置就绪，这才请玄奘入席。

玄奘进入正殿，举目看时，见许多宫女簇拥着一位夫人。这位夫人迎着玄奘，便深深下拜。只见她眉锁春山，眼含秋水，玉容寂寞，珠泪阑干，知道她有无限内心的苦闷。出家人以慈悲为怀，如何不生恻隐之心？玄奘遂即披上袈裟，升了法座，为薛夫人落发受戒；另外九位高僧，只作证人。一连举行了三天，受戒仪式方了。唐高宗又传下旨意，叫名画家吴智敏，绘了十师授戒真迹图，留在鹤林寺内供养，暂且按下不表。

这个消息转瞬传遍了长安，随即有德业寺尼僧数百人，奏请玄奘法师受菩萨戒。玄奘觉得这也是他分内之事，又亲自往德业寺去授戒。长安城内，看的人成千成万。

欲知后事如何，且听下回分解。

第三十八回　赐碑文勒石慈恩寺
　　　　　迎御书轰动长安城

　　上回说过玄奘为了弘扬佛法，请求唐高宗李治，作一篇《慈恩寺碑文》，勒石寺门，以垂永久。唐高宗应允，动笔便写，过了不久，便将这篇碑文做好，叫太尉长孙无忌，把碑文宣示百官。实在这篇文章，做得并不见得如何好，远远赶不上他父亲李世民的《大唐三藏圣教序》，里面除了赞扬佛法，表彰玄奘万里西行取经而外，又歌颂他自己的生母，宣扬儿子的孝思，说些"霜露朝侵，风枝夕举，云车一驾，悠哉万古"！不过因为出于皇帝的御制，所以群臣不得不歌功颂德，上表陈谢。这暂且不表。

　　到了显庆元年（656 年）三月，朝廷派了礼部尚书许敬宗，把碑文送到慈恩寺，亲自交给玄奘；同时鸿胪寺又有符一道，发下寺来。玄奘领了碑文及符，诣阙谢恩。玄奘心想碑文已经做好，要找一位当代的大书法家写碑，想来想去，当代书法家虽多，可是唐高宗也是一位书法家，不如请他自写，遂上表请高宗御笔自书，勒石刻碑，以垂永久。高宗允诺。到了四月八日，碑文已经写就，又物色名匠，刊在石上。原来唐高宗本擅长书法，兼善楷、隶、草、行各体，尤精"飞白"一体。碑文是用的行书体，另外又用飞白势，写了"显庆元年"四字，十分神妙。这碑已经刻好，还立在宫内，来看碑文的，每天文武百官人数即有数百人，三品官以上，都上表要求拓碑，有诏许可。这碑文固然写的不错，因为出于皇帝之手，一般臣下未免奉承太过。这碑一直到现在还保存着，暂且不表。

却说玄奘这时得了碑文，十分高兴，为了表示佛教在中国盛行，他号召长安一班僧尼，集合起来，各带了幢盖、宝帐、幡旗、鲜花，举行一次盛大的游行。朝廷也发下太常寺九部乐，长安、万年二县音乐队，并送幢幡三百余起、音声车千余乘，来参加游行。看官听说：唐高宗显庆初年，正是唐朝经过了贞观之治以后比较太平的时期，民间物力充盈，市面比较繁荣，加以当时佛教盛行，各寺陈设，穷极奢华。这一次大游行，等于迎神赛会，参加游行的各寺和尚，都要独出心裁，互相比赛，所以这次游行，可以说是唐朝初年长安规模最大的一次。

经过了充分的准备，各寺和尚到了四月七日晚上，齐集城西安福门大街。可是天公偏不作美，到了夜间，忽然下起雨来。这雨淅淅沥沥，下了一夜，第二天道路泥泞，不便游行；而且阴风细雨，还是下个不停。唐高宗下旨，暂停游行，并令迎接玄奘法师到宫内休息。到了四月十日，天色大晴，风和日丽，正是春光明媚时节，大家这才准备再举行游行。十四日一早，大队游行队伍出发，仪仗乐队，宝盖幢幡，依次排列，从芳林门到慈恩寺，不下三十里，但见宝盖蔽日，飞幡夹道，一路之上，耍龙灯的耍龙灯，舞狮子的舞狮子，真个是鱼龙曼衍，百戏杂陈，好不热闹。大队所经过的地方，家家焚香，户户念佛，长安士女看热闹的，不下百万人。唐高宗和他的妃嫔也登上安福门门楼，看那游行队伍，浩浩荡荡，直奔慈恩寺而去，前面已走的望不见了，后面的队伍还在行进不已。大队到了慈恩寺，即举行安碑典礼。这时寺里已在佛殿前面东南角上，造起一座御碑亭，这座御碑亭，盖得十分庄严，但见：上边是飞檐复宇，下面是雕栏玉砌，顶上更有仙掌露盘，和宝塔的形制一般。到了四月十五日——释迦佛的生日，又度僧七人，大张筵席，斋请各寺僧人二千，殿上陈九部乐，殿下演奏杂技，一直闹到晚上方散。

玄奘的心事，到了这时，除了佛经尚未翻译完毕以外，可以说大部分已了。他平生立志，第一到印度去取经，第二翻译佛经，第三宣扬佛法。在取经的时候，他不辞千辛万苦，跋涉千山万水，经过十七年的时间，总算达到了目的。回来以后，经过无数次的说法讲经，又举行了一系列的佛教徒的迎佛、迎经的大游行，通过了唐朝的统治阶级，联系了一些名流学者，宣扬佛法的目的，也可说是已经达到。可是其中最重要的翻译佛经工作，还没有全部完成。于是他更拿出他当年取经时候百折不挠的毅力，集中更大的精力，专门来翻译佛经，以完成他的未竟之业。

欲知后事如何，且听下回分解。

第三十九回　因热追凉法师患病
　　　　　慎终追远玄奘营葬

　　话说玄奘法师，正在翻译佛经，到了显庆元年（656年）五月，忽然患起病来。原来玄奘身体，本来十分强健，可是自从他跋涉西天，长途取经，经过凌山雪岭，睡在冰天雪地，风湿侵入体内，遂得了一种冷病，不时发作。每次病发的时候，气喘封心，呼吸艰难，十分困苦。几年来凭药防治，才能得免。

　　这一年夏天，偶然染了一些感冒，发起烧来，旧病复发，病势来的十分沉重。慈恩寺的僧众，大家心中忧惧，中书省听见了，奏闻唐高宗，特选派了太医院御医蒋孝璋、针医上官琮，专门前来看治，一切所需药品，由内府专送；每天宫内派来看病的使者，日有数起。甚至夜间都派遣太监，前来问候。这两位御医，一位是内科良医，一位是针灸名手，果然医道精通，着手回春。二人昼夜不离左右，尽心治疗。玄奘的病势，本来不轻，经过二人悉

⊙ 洛阳龙门石窟奉先寺卢舍那佛雕像。

心诊治，五天以后，已渐渐复原，到了十天左右，已完全恢复健康。玄奘继续翻译佛经，暂且不表。

到了显庆二年（657年）二月，唐高宗从西安到洛阳宫，叫玄奘陪从。这时玄奘年已衰迈，犹念念不忘翻译佛经，他带了翻译高僧五人，弟子各一人，一同到了洛阳，有旨安置他们在积翠宫居住。到了四月，唐高宗在明德宫避暑，又叫玄奘陪从，安置在飞花殿。这一座明德宫，原是隋朝的显仁宫，是东都最大的一所离宫，它南接皂涧，北跨洛滨，占地百余亩，风景非常幽胜。玄奘陪了高宗，住了一个月，想着翻译未了，固请辞还，有旨叫玄奘仍在积翠宫翻译。玄奘在长安的时候，已先翻了《发智论》三十卷，正在继续翻译《大毗婆沙》，还没有译完。因为玄奘年纪已高，佛经卷帙浩繁，朝野都恐他一生不能译毕，所以这时朝廷降旨，叫他先翻中国从来还没有见过的佛经，后翻中国已经有过译本的佛经。于是玄奘上表道："奉敕所翻经论，在此无者宜先翻，旧有者在后翻。但《发智》《毗婆沙论》有二百卷，此土先唯有半，但有百余卷，而文多舛杂，今更整顿翻之。去秋已来，已翻得七十余卷，尚有百三十卷未翻。此《论》于学者甚要，望听翻了；余经论有详略不同，及尤舛误者，亦望随翻，以副圣述。"得旨许可。于是玄奘根据缓急轻重，继续翻译佛经。

却说玄奘本是河南洛阳附近缑氏县陈村人，因为从小离开家乡，从未回乡一行。这时因为跟随高宗东巡，遂得顺便回乡一行，访问之下，一班亲戚故旧，凋零殆尽，他回到故里，真有"少小

⊙ 洛阳龙门石窟奉先寺坐狮雕像。

离家老大回，乡音无改鬓毛衰"之感。到了老家一看，已经没有一个亲人，再三打听，还有一位姊姊，适瀛州张氏，派人接了回来，姊弟两人，都已经白发苍苍，相见之下，悲喜交集。

玄奘本是一个真性情的男儿，虽然从小出家，但是感情极为热烈，到了此时，回忆儿时家庭生活，也不免掉下泪来。他又问起父母坟墓所在，姊姊带他前去，但见一抔黄土，风木凄凉，因为年深日久，也已荒颓不堪。玄奘立在父母坟前，沉思了半晌，在他的回忆中，现出慈父当年谆谆教导的面貌，现出慈母亲切关怀的容颜——只是这一切幼年时的情景，都好像已经隔着一层纱障，年深日久，已经有些模糊，可望而不可即了。玄奘有心把他父母亲改葬，另外选了一处比较高燥的地方；但是一想自己一生致力取经译经，除了一身之外，别无长物，哪里来钱进行改葬？于是奏请高宗，许他将父母改葬。高宗览奏，立刻答应帮忙，叫洛阳尹代为料理改葬；所有一切费用，都由内府供给。旨意一下，官厅竭力代为张罗，玄奘的旧日亲友，也都前来凑热闹。到了改葬的这一天，洛阳一带来观礼的不下万人。这时印度也派有僧人在中国，听说玄奘改葬父母，也亲自赶来参加典礼。玄奘心中十分感激，称之为"婆罗门上客"，特别加以款待，暂且不在话下。

且说洛阳附近，有一座少林寺，是一个名胜之区，也是佛教圣地之一。自后魏孝文皇帝迁都洛阳，在少室山北面，营造了一所少林寺，因地势高下，有"上方""下方"之称，共分一十二院，东据嵩岳，南面少室，北依高岭，兼带三川。这里面巉岩耸石，飞瀑流泉，松柏交翠，绿竹万竿，是一个幽静不过的胜地，就中西台最为秀丽，就是菩提留支译经的地方。隋朝大业末年，农民起义，洛阳一带，频经兵火，这座少林寺，也有一部分被毁，但是大体上还算完好。寺西北面岭下，便是缑氏县东南的凤凰谷，有一所村落，叫作陈村，便是玄奘出生的地方。这次玄奘回到家乡，访问了故居，经过隋末多年战乱，已经改变了样子；只有儿时游钓之地，还依稀记起一个影子。他又到了少林寺，见故乡风景秀丽，山川似锦绣一般，觉得走了千山万水，还是故乡最为可爱，不禁动了归乡之念。因此他第二次上表，要求在少林寺翻译佛经，以竟未了之业，兼以终其天年。这时玄奘已年逾六十，的确有告老还乡、毕命山林的意思。可是唐高宗如何肯放他还乡，仍要他留居长安，作一个"市朝大隐"，也是想借重玄奘，借以笼络人心的意思。玄奘见高宗不许告老还乡，不得已仍回到洛阳，仍在积翠宫居住，继续翻译佛经。

欲知后事如何，且听下回分解。

第四十回　度帝子佛光王受戒
　　　　　毕译事唐玄奘圆寂

　　话说唐高宗显庆元年（656年），玄奘已经六十一岁，仍在孜孜不倦，从事翻译工作。这一年十月，中宫娘娘武则天皇后，怀孕逾期，尚未分娩，自愿皈依三宝，请佛加以保佑。这一天，武则天到大慈恩寺烧香拜佛，并召见玄奘，询问吉凶。玄奘答道："娘娘圣体必安，我佛定加保佑，请娘娘放心。但若所生是一位王子，平安分娩之后，请娘娘听他出家，功德无量！"武后许诺，即回驾还宫。

　　过了几天，武后果然生下一男，相貌端正，高宗心中十分高兴，叫人报与玄奘知道，说道："娘娘分娩已毕，生下一位皇子，十分端正。分娩的时候，神光满院。皇上十分喜欢，娘娘有愿在先，必不违所许的愿。请法师加以保佑。小皇子已封为佛光王。"玄奘即上表称贺。到了三朝，这个才生下不久的婴儿，便被许愿飯依了佛法，穿起了小小袈裟。到十二月五日，是满月之期，有旨下来，请玄奘进宫，为佛光王剃度，同时又剃度了七人，作为佛光王的侍卫。玄奘又进金字《般若心经》一卷，并函《报恩经变》一部，袈裟法服一具，香炉、香案、澡瓶、念珠、锡杖、澡豆榼各一件，作为献礼。这事在现在看起来，令人觉得奇怪，但在唐朝，正是佛教盛行的时候，王子公主出家的极多。则这小小婴儿剃度出家的事情，也就不足为奇了。

再说玄奘自从故乡营葬归来，仍住积翠宫，因翻译不辍，用力过勤，加以年迈力衰，往返奔波，积劳成疾。唐高宗听见报告，叫供奉内医吕弘哲前来看病，并致慰问之意。玄奘自觉心痛背闷，骨酸肉楚，饮食减少，力气渐微，晓得病势来得不轻，正是生老病死，是人生无法避免的。玄奘参透生死，本来无动于衷，顺其自然；但翻译未了，功德未满，所以仍旧勉强挣扎，继续翻译。

到了显庆三年（658年）正月，唐高宗从洛阳回到长安，玄奘也回到大慈恩寺，继续从事翻译。这一年七月，另有一座大寺落成，叫作西明寺，寺在普宁坊，开始建于显庆元年，两年多才告完工。这一座大寺，可以说是后来居上，每一面三百五十步，周围有好几里，左右都是通衢，前后并有市街，青槐绿水，交互映带。寺里面有十院，共有房屋四千多间，规模宏大，比大慈恩寺还要大几倍。唐高宗为了表示优礼玄奘，又请他自慈恩寺搬到西明寺居住。七月十四日，举行迎佛大典，又有一番热闹，不必细说。

这时玄奘翻译佛经，已译成六百多卷。到了显庆四年（659年）冬天，玄奘想开始翻译《大般若经》，因为长安地方来来往往的人过多，应酬太忙，又加以自己年老多病，生恐人命无常，不能完成翻译佛经大业，所以上表请求搬到城外玉华宫，去专心翻译，高宗许可。玄奘遂同了翻经僧人门徒，到了玉华宫住下。显庆五年（660年）正月一日，玄奘开译《大般若经》，这是一部大经，梵本共有二十万颂。门徒看见玄奘年老力衰，又觉得经文太多，完全翻译不易，请求加以删节。

玄奘不好违拂大家的意思，只得参考罗什所翻译本，除繁去重；但是玄奘是一个追求真理、责任心重的人，虽然这样做了，心中终有未安。这一天夜间，他作了一个噩梦，这梦断断续续，时时惊醒：有时梦见自己在雪山道上，冰天雪地，悬崖万丈，偶一失足，滑落下去，掉在雪坑之中，挣扎不起；有时梦见在印度热带大森林中，毒蛇猛兽，凶恶搏人，吓得一身冷汗，浑身颤栗。看官听说：玄奘年轻的时候到西天取经，饱经许多惊险场面，印象既深，自然历久不忘；到了心绪不宁、神精衰弱的时候，便自然而然形诸梦寐。可是玄奘是一个虔诚的宗教信徒，他把这噩梦和删节佛经一事联系起来了，认为是自己不虔心的缘故，并拿来告诉大家。遂从头做起，认真加以翻译，不敢删去一字一句。他考定当年释迦佛说《般若经》的地方，凡有四处：一、王舍城鹫峰山；二、给孤独园；三、他化自在天王宫；四、王舍城竹林精舍；总共一十六会，合为一部。玄奘在印度取经的时候，一共得了三种版本，到了翻译的时候，发现经文互有出入，就详细加以校勘，考定谬误，再三斟酌，然后下笔。他的追求真理、为学认真不苟的精神，是值得后人加以学习的。

玄奘在翻译《般若经》的过程中，常恐经文太长，不能译完，勉励大家说道："玄奘今年已经六十五岁，大概寿命不过如此。伽蓝经部甚大，常常恐怕不能译完。希望大家人人努力，共同来完成译经大业。"辩机、慧立、道宣一班门徒听了，人人振奋，到了龙朔三年（663年）十月二十三日，方才把这一部大经译完，合成六百卷，称为《大般若经》。

玄奘翻完了《大般若经》，心中一则以喜，一则以惧；喜的是大功告成，惧的是身衰力竭，自知无常将到。但是他早已参透死生，置之度外。一天，从容告诉门人说道："我到玉华宫来，本来是为的译经；现在译事粗了，我生涯亦尽。一旦无常到来之后，你们打发我宜从俭省，可用草荐把我遗体裹送，拣一处山涧僻静处所安置，千万不要靠近行宫或寺院，这不洁之身，还以僻远地方为宜。"众门徒听了，一齐忍不住落下泪来，过了一会，大家收泪说道："法师身体尚好，面色如旧，正宜好好保养，为何出此不祥之言？"玄奘道："我自己知道，你们不必多言。"

到了麟德元年（664年）正月元旦，一班译经高僧及门徒等，齐请玄奘法师，开译《大宝积经》。玄奘见大家意思十分诚恳，不好过于违拂众意，便请出佛经，将梵本打开，译了数行，便停笔不译，收起梵本，对大家说道："这一部佛经卷帙浩繁，和《大般若经》不相上下。玄奘自量气力，不能再胜任了。我自知死期已近，大概不出数日。现在要到兰芝谷去礼辞佛像，众门徒可随我走一遭。"大家听了，都十分悲伤，跟着玄奘，肃静无声，到兰芝谷去，礼佛既罢，回到玉华宫。从此玄奘静坐打禅，不再翻译。又叫嘉尚法师，把二十年来自己所翻佛经，加以整理，总共七十四部、一千三百三十五卷。——这便是玄奘法师对中印文化交流所作的伟大贡献。

这一年（664年）二月五日夜半，玄奘法师在玉华宫溘然坐化，面色安详，与世长辞。凶信传到京师，震动了长安，文武百官以及僧俗人等，听了莫不悲悼。高宗流涕，叫臣下料理玄奘丧事。三月十五日，在慈恩寺翻经堂内开吊，门弟子数百人，哀号动地，僧俗来吊者，每天有数百起。四月十四日，遵照玄奘遗嘱，送葬浐水之滨，执绋的有几十万人。在这伟大的行列之内，也有印度僧人代表在内，从遥远的西方，带来印度人民真诚的哀悼。到了总章二年（669年）四月八日，又徙葬玄奘于西安樊川北原，营建塔宇，这便是玄奘法师千古长眠之地。

在中国历史上，玄奘是了解印度文化最深的一个人。他一生追求真理，尽瘁于学术研究，他的思想影响远及于日本、朝鲜；他在世界学术史上的贡献，至今还不易予以全面的估计。他又是一个伟大的旅行家，在一千三百年前，只身西游，渡过流沙，越过葱岭，到过帕米尔高原，游历过五印度，写下了《大唐西域记》，对于研究中古时代历史地理，具有无上的价值。他又是一

⊙ 今陕西西安的玄奘像与大雁塔。

个最伟大的翻译家，他译成佛经一千三百三十五卷，又把印度久已失传的《大乘起信论》和中国哲学经典著作——《老子》译成梵文，对中印两国文化交流，作出了不朽的贡献。他又是一个伟大的教育家，在他的谆谆教育之下，培养出一批卓越的青年学者；在他以后不久有一位沙门义净，受他的启发，还亲自到过印度，留学那烂陀寺。他又是一个卓越的外交家，中国和印度的正式建立邦交，还是通过他的介绍而互派使节的。玄奘之所以能有这许多贡献，是和他的伟大的性格分不开的。到了今天，印度的人民敬重他，中国的人民怀念他，这不是偶然的。印度一位副总统曾说："玄奘是中印合作的象征。"让我们把玄奘的一生事迹，作为中印两国文化交流的标志，使我们两国之间的深厚友谊，得到永恒的巩固和无穷的发展。

整理后记

因为古典文学名著《西游记》，玄奘西行印度取经故事，几乎家喻户晓。因为丝绸之路，因为"一带一路"倡议，玄奘西行之路，也更频繁地被重提。有人重走玄奘路，更多的人想要了解玄奘真实的一面。

《西游记》将玄奘西天取经故事用小说形式生动地再现出来。玄奘执着善良友好懦弱，过分善良，难免是非不清，善恶不分，吃了不少亏，上了不少当。八戒充满人性的欲望，好吃好色。悟空（原型石磐陀）乐观奋斗，积极进取。沙僧任劳任怨，偏向消极。还有一路上的山山水水，妖魔鬼怪，万千劫难，佛法无边。小说中，玄奘取经成功，全赖悟空和沙僧。

玄奘的伟大在小说《西游记》中体现出来的不及万一。

流传下来的玄奘事迹还有：玄奘法师口述、辩机撰文《大唐西域记》，慧立写的《大慈恩寺玄奘法师传》，道宣编的《续高僧传·玄奘传》，智升写的《开元释教录》，冥祥写的《玄奘法师行状》，刘轲写的《唐三藏大遍觉法师塔铭》。这些著作都是佛教徒编写的，里面充满了佛教徒的观点，连篇累牍，都是写的宗教故事。

本次出版的朱偰先生所著《玄奘西游记》，运用通俗的章回体形式，书写了唐代中国和古代印度之间文化交流的这一段动人史话。玄奘在唐代贞观三年，即公元629年，从长安出发，一路向西，渡过流沙，越过葱岭，跋涉千山万水，去到印度。经过十七个寒暑，走遍五印度各国，研习、交流、访古，婉拒印度人民的热情慰留，于贞观十九年，即公元645年，带着大批佛经回到中国。又经过大约二十个寒暑，翻译佛经；把《老子》和《大乘起信论》译为梵文，传入印度；将西行路途见闻撰成《大唐西域记》十二卷，成为世界旅行家最有价值的著作之一。

本书重点描写几个中心环节：一、西出玉门关，渡过五烽，经过莫贺延碛，逾葱岭，出铁门，渡大雪山入北印度，这是一段艰险的途程，是第一高峰。二、巡礼佛迹，从渡恒河，游给孤独园，访问迦毗罗卫国，到鹿野苑、礼菩提树，登灵鹫峰，是第二高峰。三、从玄奘到那烂陀寺，戒日王与鸠摩罗王的争相礼聘，到曲女城大施会，是第三高峰，也是全书故事发展的"顶点"。四、归国后对译经事业和培养青年人才两方面的卓越贡献及其忠于事业的精神，是本书的第四高峰，也是全部故事的"终点"。

玄奘平生立志，第一印度取经，第二翻译佛经，第三宣扬佛法。他不辞千辛万苦，跋涉千山万水取经。回国以后，翻译佛经七十四部一千三百三十五卷，对中印文化做出了伟大贡献。他一生的誓愿都实现了。印度柏乐天教授曾言："他的翻译……是中印两大民族的共同遗产。"

正如本书作者朱偰所说："我们描写玄奘，是要着重他追求真理，尽瘁学术研究的精神，和他冒险牺牲、百折不挠的顽强斗争意志和刚毅的性格，而不是单纯地为了宣扬佛教。""玄奘的伟大的地方，决不是限于他的宗教家这一面。他不仅是伟大的旅行家，而且是世界上伟大的翻译家，同时又是出色的教育家和外交家。"

书中体现的玄奘法师对学术的执着、忍耐和毅力，丰沛的爱国主义情感，都是值得我们学习的。他的万里孤征也可以看作是一种刻励自省的过程；推衍开来，我们个人的成长，同样需要磨炼，需要战胜种种困难，而本书中也恰恰浸润着作者的个人际遇和情感。

朱偰先生（1907—1968），字伯商，浙江海盐人，历史学家、经济学家。著名历史学家朱希祖长子，幼秉家学，精研文史。1923年考入北京大学预科，1929年赴德国柏林大学，1932年获柏林大学经济学博士学位。归国后，出任中央大学经济系教授、系主任。1939年10月入国民政府财政部任职。1949年后历任南京大学经济系教授、系主任，江苏省文化局副局长、省文物管理委员会副主任、省图书馆委员会副主任。一生著述丰赡，在财政、金融、文学、史学、考古诸领域，成就斐然，尤其对南京明城墙的保护做出过重要贡献。代表作有《金陵古迹名胜影集》《金陵古迹图考》等。

本书完成于1955年，1957年由新文艺出版社出版。书中作者自注，皆当时称谓，如苏联、锡兰、孟加拉省等，如今六十多年过去了，50年代的世界形势，到现在已经发生非常大的变化，书中涉及的一些地名、国别，都有变化。此次出版，保留作者自注，不做改动，请读者明鉴。另外随文配图五十余幅，便于读者有更形象、深刻的印象。上海大学张安福教授、大理大学王军先生、北京摄影师灯花儿、本书策划李黎明、本书责编张艳玲等，为本书提供了部分照片，在此致谢。附录的两幅地图，系根据季羡林等《大唐西域记校注》（中华书局版）重新制作，特此说明。

玄奘是世界文化交流的象征，重读《玄奘西游记》，也是讲好中国故事。

伐地捕

货利习弥伽

缚

乞

波
剌
斯

呾剌健